Crispin – **Ein Leben vogelfrei**

Außerdem von Avi
im Carlsen Verlag erschienen:
Frei wie ein Wolf
Countdown im Keller

Avi

Crispin – Ein Leben vogelfrei

Aus dem amerikanischen Englisch
von Cornelia Stoll

CARLSEN

England, 1377 A. D.

»Mitten im Leben sind wir vom Tod umgeben.« Wie oft predigte unser Dorfpfarrer diese Worte. Doch habe ich auch gehört, dass wir mitten im Tod vom Leben umgeben seien. Mein Leben war ein Rätsel wie dieses.

1

Am Tag, nachdem meine Mutter gestorben war, hüllten der Pfarrer und ich ihren Leichnam in ein graues Totenhemd und trugen ihn zur Dorfkirche. Unsere Last war gering. Schon zu Lebzeiten war sie eine kleine, eher schwächliche Frau gewesen. Der Tod machte sie nur noch leichter.

Ihr Name war Asta gewesen.

Unsere Hütte befand sich am Rand des Dorfes. Der Pfarrer und ich trugen den Leichnam über die schmale, furchige Straße, die zum Totenacker führte. Der Weg war vom ständigen Nieselregen in eine Lehmsuhle verwandelt worden. Kein Vogelzwitschern erklang, keine Glocken läuteten. Die Sonne verbarg sich hinter schweren, dunklen Wolken.

Wir kamen an Leuten vorbei, die im Regen auf den aufgeweichten Gemeindefeldern arbeiteten. Niemand kniete nieder. Sie sahen nur starr zu uns herüber. Sie hatten meine Mutter schon zu Lebzeiten gemieden und mieden sie auch

jetzt. Ich fühlte mich, wie so oft, beschämt, als hafte mir eine namenlose Sünde an, die mich in ihren Augen zu weniger als nichts machte.
Außer dem Pfarrer hatte meine Mutter keine Freunde gehabt. Von den Dörflern war sie oft verspottet worden. Für mich aber war sie immer eine Schönheit gewesen. Ich hatte sie so gesehen, wie wahrscheinlich alle Kinder ihre Mütter sehen.
Das Begräbnis fand inmitten der anderen Armengräber des umfriedeten Totenackers hinter der Kirche statt. Dort, im wassersatten Lehm, gruben der Pfarrer und ich ihr Grab. Einen Sarg gab es nicht. Wir legten sie mit den Füßen ostwärts in die Grube, damit sie am Tag des Jüngsten Gerichts – so Gott will – auferstehen und Jerusalem schauen mochte.
Als der Pfarrer die lateinischen Gebete sang, deren Bedeutung ich kaum verstand, kniete ich neben ihm nieder und wusste, dass Gott mir das Einzige genommen hatte, das ich je mein Eigen hatte nennen können. Doch Sein Wille geschehe.
Kaum deckten wir die sterblichen Überreste meiner Mutter mit der schweren Erde zu, tauchte John Aycliffe, der Gutsvogt, hinter der Mauer des Totenackers auf. Ich hatte ihn nicht bemerkt, doch musste er uns vom Rücken seines Pferdes herab schon länger beobachtet haben.
»Astas Sohn, komm her«, sagte er zu mir.
Mit gesenktem Haupt trat ich näher.
»Sieh mich an«, befahl er, beugte sich herab, versetzte mir mit seiner behandschuhten Hand einen harten Schlag unter mein Kinn und zwang mich, zu ihm aufzublicken.

Es war mir immer schwer gefallen, anderen in die Augen zu sehen. Doch John Aycliffe anzusehen war mir beinahe unmöglich. Sein schwarzbärtiges Gesicht, sein harter, scharfer Blick und seine missbilligenden Lippen jagten mir Angst ein. Wenn er sich dazu herabließ, in meine Richtung zu schauen, sah ich nichts als Verachtung. In seine Nähe zu kommen, bedeutete für mich, seinen Hohn, seine Tritte und manchmal auch seine Schläge herauszufordern.

Es gab niemanden, der John Aycliffe der Freundlichkeit zieh. In Abwesenheit von Lord Furnival herrschte er über das Gut, die Gesetze und die Bauern. Bereits geringste Vergehen – wenn man einen Tag bei der Arbeit fehlte, schlecht über sein Regiment sprach oder nicht zur Messe erschien – hatten gnadenlose Strafen zur Folge: Auspeitschen, Ohrabschneiden, Kerker oder Handabhacken. John, der Sohn des Bierbrauers, wurde erhängt, weil er einen Hirsch gewildert hatte. John Aycliffe war Richter, Gericht und williger Henker in einer Person. Ein Wort von ihm genügte und das Leben des Missetäters war verwirkt. Wir alle lebten in Angst vor diesem Mann.

Aycliffe starrte mich lange an, als suche er etwas. Aber dann sagte er nur: »Da deine Mutter gestorben ist, wirst du morgen euren Ochsen im Herrenhaus abliefern. Als Sterbesteuer.«

»Aber … Herr«, sagte ich, denn ich sprach schleppend und konnte mich nicht gut ausdrücken, »dann … dann kann ich die Felder nicht mehr bestellen.«

»Dann verhungerst du eben«, sagte er und ritt davon, ohne mich eines weiteren Blickes zu würdigen.

Vater Quinel flüsterte mir ins Ohr: »Komm mit in die Kirche, Astas Sohn. Wir wollen beten.«
Völlig verwirrt schüttelte ich den Kopf.
»Gott wird dich beschützen«, sagte er und legte mir die Hand auf die Schulter, »so wie er nun deine Mutter beschützt.«
Seine Worte peinigten mich nur noch mehr. Blieb der Tod mir als einzige Hoffnung? Um der Enge meines Herzeleids zu entkommen, rannte ich davon in den Wald.
Ich nahm kaum die Erde unter meinen Füßen wahr, noch das Blätterdach über mir. Ich achtete nicht darauf, wohin ich rannte, bemerkte nicht, dass mein einziger Rock, ein grauer Umhang aus Wolle, von Büschen und Dornen zerrissen wurde. Achtlos stolperte ich in meinen Lederschuhen über Stock und Stein und fiel immer wieder hin. Doch jedes Mal raffte ich mich auf und eilte keuchend und weinend weiter.
Immer tiefer geriet ich in den Wald hinein, vorbei an dichtem Farngestrüpp und stolzen Eichen, bis ich wieder stolperte und fiel. Diesmal – wie die göttliche Vorsehung es wollte – schlug ich mit dem Kopf an einen Stein.
Benommen lag ich auf dem vermodernden Waldboden, meine Finger krallten sich in fauliges Laub, kalter Regen tränkte meine Kleider. Als die Dämmerung herabfiel, befand ich mich in einem Grab, dunkler als die Nacht.

2

Lange nach der Komplet, dem Schlussgebet des Tages, riss mich ein Geräusch in einen wirren Wachzustand zurück.

Die bleierne Dunkelheit und der pochende Schmerz in meinem Kopf bewirkten, dass ich nicht wusste, wo ich mich befand. Ich konnte nichts sehen, aber ich roch die Luft und mir wurde klar, dass ich nicht zu Hause war und auch nicht draußen auf dem Feld, wo ich oft bei unserem Ochsen übernachtete. Erst als ich noch einmal schnupperte, nahm ich deutlich den schweren Duft der feuchten Waldluft wahr. Der Regen hatte aufgehört, aber es kam mir vor, als schwitzte die Nacht selbst Feuchtigkeit aus.

Dann, plötzlich, erinnerte ich mich an den Tod meiner Mutter und an ihr Begräbnis, an meine Flucht vom Totenacker, an den Pfarrer, an meinen überstürzten Weg durch den Wald. Mir fiel ein, dass ich gestolpert und gefallen war.

Ich fasste an meine Stirn und tastete einen blutverkrusteten Striemen. Obwohl ich bei der Berührung zusammenzuckte, vertrieb mir der Schmerz die restliche Benommenheit. Ich war im Wald, allein. Mein Rock war kalt und nass.

Ich richtete mich auf und sah mich um. Inmitten des Gestrüpps aus Zweigen bemerkte ich ein flackerndes Licht. Verwirrt kniete ich hin, um besser zu sehen. Doch außer dem Licht war alles düster und von mitternächtlichem Dunst eingehüllt. Über allem lag Totenstille. Hastig bekreuzigte ich mich und murmelte ein paar Schutzgebete.

Was hatten gottesfürchtige Leute um diese Zeit außerhalb ihres rechtmäßigen Heims zu suchen? Die Nacht diente Strolchen, hungrigen Wölfen und dem Teufel und seinen Lakaien zur Tarnung. Wer also oder was, fragte ich mich, hatte dann das Geräusch erzeugt, das mich wieder zu Sinnen gebracht hatte?

Die Neugier – die, wie meine Mutter zu sagen pflegte, ein anderer Name für Satan ist – trieb mich herauszufinden, was es war. Trotz meiner Angst entdeckt zu werden, schlich ich mich durchs Unterholz.

Als ich dem Licht so nahe gekommen war, dass ich mich nicht weitertraute, reckte ich den Kopf und stellte mich fluchtbereit hin.

Auf einer Lichtung standen zwei Männer. Einer von ihnen war John Aycliffe, er hielt eine flackernde Fackel in der Hand. Wie üblich steckte ein Schwert an seiner Seite.

Den zweiten Mann hatte ich nie zuvor gesehen. Er war wie ein Herr gekleidet, sein Gesicht war das eines älteren Mannes. Sein Haupt war von einer Kapuze verhüllt, die an einem weiten Umhang befestigt war, der bis hinter seine Beine hing. Sein graues Haar fiel ihm bis zu den Schultern.

Er trug einen gesteppten, dunkelblauen langen Mantel, dessen gelbe Schnallen im Licht der Fackel glitzerten.
Im Kegel des Lichts entdeckte ich auch das Haupt eines edlen Pferdes. Ich vermutete, es gehörte dem Fremdling.
Die beiden Männer sprachen miteinander. Bemüht, etwas zu verstehen, vergaß ich meine Angst und richtete mich hinter den Büschen, die mich verbargen, auf.
Nach einer Weile schob der Fremde seinen Umhang beiseite und zog eine Tasche hervor, der er ein mit rotem Siegelwachs verschlossenes, pergamentenes Päckchen entnahm. Dieses überreichte er Aycliffe.
Der Vogt wickelte es aus. Das Pergament war groß und mit Zeichen versehen, die wie Schrift aussahen. Vom unteren Rand hingen drei weitere rote Siegel mit Bändern daran.
Aycliffe reichte dem Fremdling die Fackel, um besser sehen zu können, und hob das Dokument zu seinen Augen.
»Bei den Eingeweiden Christi«, hörte ich ihn ausrufen, obwohl er sich dabei bekreuzigte, »wann wird es so weit sein?«
»Sehr bald, so Gott will«, antwortete der Fremdling.
»Und werde ich sofort handeln müssen?«, fragte Aycliffe.
»So hat sie befohlen. Seid Ihr nicht mit ihr verwandt?«, sagte der Fremdling. »Bedenkt die Folgen, wenn Ihr stillhieltet.«
»Es würde für uns alle eine große Gefahr bedeuten.«
»Genau. Das könnten auch andere so sehen und entsprechend handeln. Selbst Ihr würdet in Gefahr geraten.«
Aycliffe runzelte die Stirn und begann, das Dokument wieder zusammenzufalten, wobei er sich zur Seite wandte und mich entdeckte.

Unsere Blicke begegneten sich. Mein Herz machte einen Satz.

»Astas Sohn!«, schrie Aycliffe.

Der Fremdling wirbelte herum.

»Dort!«, rief der Vogt und deutete auf mich. Er warf das Dokument beiseite, riss die Fackel an sich, zog sein Schwert und rannte auf mich zu.

Vor Angst wie gelähmt blieb ich stehen, wo ich war. Erst als er dicht bei mir war, drehte ich mich um und floh. Doch kaum war ich losgerannt, verhakte ich mich in einem Brombeerstrauch, der mit dornigen Fingern nach mir griff. So viel ich auch strampelte und zerrte, ich kam nicht los. Ich war gefangen. Währenddessen kam Aycliffe immer näher, sein Blick war hasserfüllt. Als er vor mir stand, schwang er sein Schwert und stieß es auf mich herab.

In der Eile verfehlte mich das niedersausende Schwert, teilte jedoch den Brombeerstrauch, so dass ich mich, bevor er noch einmal ausholen konnte, losreißen konnten.

Ich rannte.

Aycliffe verfolgte mich, Schwert und Fackel erhoben, und er hätte mich gefangen, wäre ich nicht in blinder Panik eine Felswand hinabgestürzt. Sie war nicht sehr hoch und so sauste ich durch die Luft, prallte dann seitlich auf und kullerte weiter bergab.

Obwohl ich benommen und außer Atem war, hatte ich genug Geistesgegenwart, mich auf den Rücken zu drehen und zurückzuschauen. Über mir – in einiger Entfernung – sah ich die Fackel und das Gesicht von Aycliffe, das die Felswand herunterspähte.

Als mir klar wurde, dass er keine Ahnung hatte, wo ich mich befand, blieb ich regungslos liegen. Als das Licht sich schließlich entfernte, richtete ich mich auf und flüchtete.
Ich rannte so weit, wie meine Kraft und mein Atem mir gestatteten, und hielt erst an, als meine Beine nicht mehr konnten. Dann warf ich mich auf die Erde und rang nach Luft.
Den Rest der Nacht fand ich kaum noch Ruhe. Ich hatte nicht nur Angst, entdeckt und dem Zorn des Vogts ausgeliefert zu werden, ich war auch noch im Schmerz über den Tod meiner Mutter gefangen. Zudem hatte ich den Pfarrer vor den Kopf gestoßen, als er mich in die Kirche gebeten hatte. Und ich hatte das Ausgangsverbot nach dem Abendläuten verletzt. Hatte ich nicht auch Wein aus der Kirche entwendet, um die Schmerzen meiner Mutter zu lindern, bevor sie starb? Kurz, ich war mir sicher, dass Gott mich strafen wollte.
Während ich seine nächste Strafe erwartete, sprach ich inbrünstige Gebete und bat ihn um Vergebung für mein sündhaftes Leben.

3

Dieses, mein Leben, hatte am Tag des heiligen Ägidius im Jahre des Herrn 1363, dem sechsunddreißigsten Jahr der Herrschaft Edward des Dritten, des großen Kriegsherrn Englands, seinen Anfang genommen. Wir lebten in Stromford, einem Flecken von einhundertundfünfzig Seelen. So lange ich mich erinnern konnte, nannte meine Mutter mich einfach nur »Sohn«, und da ihr Name Asta war, wurde ich von allen »Astas Sohn« genannt. In einer Welt, in der Name und Stand des Vaters das Leben bestimmten, bedeutete dies – da ich keinen Vater hatte –, dass ich ein Schattendasein führte. Mein Vater war, wie so viele, schon vor meiner Geburt gestorben, als das Große Sterben (auch die Pest genannt) wieder aufflackerte. Das jedenfalls hatte meine Mutter mir erzählt. Sie sprach nur selten von ihm.

Sie nahm sich auch keinen neuen Mann, ein Umstand, den ich nie in Frage stellte, denn kaum ein Mann hätte eine so zerbrechliche und arme Frau zum Weib genommen. Im ganzen Königreich England gab es wohl keine ärmeren Christenseelen als meine Mutter und mich.

Ich hatte kaum Freunde und niemanden, dem ich voll vertraute. Als »Astas Sohn« wurde ich oft Zielscheibe von Spott, Hohn und unbarmherziger Verfolgung.
»Warum quälen sie mich so?«, fragte ich einmal Vater Quinel während der Beichte. Zum Beichten ging ich oft, denn ich war davon überzeugt, dass mir eine geheime Sünde anhaftete, die ich ausrotten musste.
»Nimm dein Leid an«, riet mir der Pfarrer. »Denke daran, was unser gesegneter Christus am Kreuz erleiden musste.«
Ich versuchte, mein Leben anzunehmen, wie es war, aber anders als unser vollkommener Jesus war ich von Vorsicht und Misstrauen erfüllt und immer auf der Hut vor Gemeinheit und Schabernack. Kurz, ich lebte das Leben eines Ausgestoßenen, der nichts galt. Dennoch beobachtete ich mit Interesse, wie die anderen lebten.
Meine Mutter und ich konnten unserem Los wenig entgegensetzen. Wir waren keine Sklaven. Aber wir waren auch nicht frei. Der Vogt, John Aycliffe, versäumte keine Gelegenheit, uns daran zu erinnern, dass wir Leibeigene – Eigentum – von Lord Furnival, dem Herrn von Stromford, waren.
Dieser Lord Furnival aber hatte seit so vielen Jahren in Frankreich und in verschiedenen Söldnerkriegen gekämpft, dass die meisten Dörfler, wie auch ich selbst, ihn noch nie zu Gesicht bekommen hatten.
Aber das tat nichts zur Sache. Im Frühling, Sommer und Herbst – von wenigen Feiertagen abgesehen – mussten meine Mutter und ich, wie alle anderen Dörfler aus Stromford, von früh bis spät auf seinen Feldern arbeiten.

Im Winter fütterten wir die Tiere, wir besaßen einen Ochsen und dann und wann ein Huhn, sammelten Holz und Reisig für den Ofen, schliefen und versuchten zu überleben.
Zu einer Zeit, als ein Laib Brot einen Viertelpenny kostete, entsprach der Tageslohn meiner Mutter – gemäß dem königlichen Erlass von König Edward – einem Penny, mein Tagewerk war nur einen Viertelpenny wert.
Unser Essen bestand aus Gerstenbrot, verdünntem Bier und von Zeit zu Zeit aus ein paar gekochten Trockenerbsen. Wenn uns das Glück hold war, gab es an Weihnachten vielleicht ein Stückchen Fleisch.
Auf diese Weise verbrachten wir unser Leben, und unter dem fernen Himmelszelt flossen die Jahre gleichförmig dahin. Die Zeit glich einem großen Mühlstein, der uns wie Weizenkörner zu Staub mahlte. Die Heilige Kirche belehrte uns, wo unser Platz war im Ablauf eines jeden Tages und Jahres und in unserer täglichen Plackerei. Allein Geburt und Tod gaben unserem Leben eine Bedeutung auf dieser Reise von der Finsternis, aus der wir stammten, in die Finsternis, in der wir das Jüngste Gericht erwarten durften. Dann würde Gottes strafendes Auge uns anblicken und uns in die Seligkeit des Himmels erheben oder ins ewige Höllenfeuer werfen.
So war unser Leben. Und zweifellos war so auch das Leben unserer Vorfahren und aller Männer und Frauen seit Adam gewesen. Ich glaubte aus ganzem Herzen, dass wir immer so weiterleben würden, bis der Erzengel Gabriel das Ende der Zeit ankündigte.
Und mit dem Tod meiner Mutter war mir, als sei diese Zeit gekommen.

4

Nach meiner Flucht vor John Aycliffe und nach der Nacht im Wald wurde ich vom Geläut einer Glocke geweckt. Der Morgen war angebrochen und die Kirche von Stromford rief zum ersten Morgengebet, der Prim.

Hastig machte ich das Kreuzeszeichen vor meiner Brust, murmelte mein Morgengebet und horchte mich ängstlich um. Doch alles, was ich vernahm, war der Klang der Glocke und das Rauschen des Waldes – nichts, was mich hätte beunruhigen müssen.

Einmal wach, konnte ich jedoch an nichts anderes denken, als was ich in der Nacht zuvor gesehen hatte. Die Begegnung des Vogts mit dem Fremdling, der hasserfüllte Blick von Aycliffe, als dieser, mit der eindeutigen Absicht mich zu töten, das Schwert auf mich niedersausen ließ.

Trotzdem versuchte ich mir einzureden, dass das alles keine Bedeutung hatte. Aycliffe hatte mich schon immer schlecht behandelt und seine Attacke in der vergangenen Nacht stellte keine große Ausnahme dar. Warum, sagte ich mir, sollte er sich sorgen, dass ich, ein Niemand, ihn bei seinem nächtlichen Treffen beobachtet hatte? Das Beste würde sein, ich kehrte nach Hause zurück und täte, als sei nichts Ungewöhnliches geschehen.

Im anbrechenden Tageslicht fand ich mich schnell zurecht und machte mich auf den Weg ins Dorf.

Meine Mutter war eine Kleinbäuerin gewesen, die kein eigenes Land besaß. Wir wohnten in einer gepachteten Hütte am äußersten Rand des Dorfes, nahe des nördlichen Grenzkreuzes. Das dünne Strohdach hielt kaum den Regen ab, der Boden war aus gestampftem Lehm. Da die Hütte ein Stück außerhalb des Dorfes stand, konnte ich mich vor den anderen, die bereits an ihr Tagwerk gegangen waren, verborgen halten.

Gerade als ich aus dem Wald hervortreten und zu unserer Hütte rennen wollte, erblickte ich Roger Kinsworthy, den Amtmann, und Odo Langland, den Büttel. Mit Spießen und Äxten bewaffnet eilten sie auf unsere Hütte zu.

Beunruhigt zog ich mich schnell zurück und versteckte mich hinter einigen Büschen, von wo aus ich beobachten konnte, was sie im Schilde führten. Sie betraten das niedrige Gebäude, kamen jedoch gleich wieder heraus. Wahrscheinlich suchten sie mich. Doch dann begannen sie, zu meiner großen Bestürzung, das Häuschen mit Hilfe ihrer Werkzeuge einzureißen.

Die leicht gebaute, kleine Hütte konnte einem solchen Ansturm nicht widerstehen. In wenigen Augenblicken verwandelte sie sich in einen Haufen Stroh, Flechtwerk und Lehm. Damit nicht genug, zückte Kinsworthy einen Feuer-

stein, schlug Funken und setzte das, was dreizehn Jahre lang mein Zuhause gewesen war, in Flammen.
Tief erschüttert floh ich zurück in den Wald und fragte mich immer wieder, warum sie so etwas getan hatten. Ich konnte nicht glauben, dass der einzige Grund dafür mein Erlebnis der vergangenen Nacht gewesen war.
Im Schutz des Waldes machte ich mich auf den Weg zu einem nahe dem Waldrand gelegenen hohen Felsen, von wo aus ich unser Dorf überblicken konnte. Es war nicht leicht, den Felsen zu erklimmen, aber ich hatte ihn schon einmal zuvor auf meinen einsamen Streifzügen bewältigt. Von dort aus, so hoffte ich, würde ich etwas entdecken, das mir half, das Geschehene zu verstehen.
Doch erst mitten am Vormittag, wie ich aus dem Stand der Sonne und dem Geläut zur Terz schloss, kam ich an dem Felsen an.
Ich sah mich um, ob ich allein war, dann kletterte ich hoch. Es war ein schwieriger Anstieg – an manchen Stellen war die Felswand richtig steil –, aber schließlich erreichte ich die Spitze, wo ich mich vorsorglich flach niederlegte. Erst dann reckte ich meinen Kopf und sah mich um.
Wie ein ausgerollter Teppich breitete sich vor mir meine ganze Welt aus. Über üppigen, frühlingsgrünen Matten spannte sich der Himmel, blau wie die gesegneten Gewänder unserer Lieben Frau. Über mir flitzten Schwalben, frei nach Art der Vögel.
Im Westen schlängelte sich das Flüsschen Strom. Es glitzerte wie ein silbernes Band im goldenen Sonnenlicht. Dort war das Wasser sehr seicht. Ich konnte, wie die meisten,

nicht schwimmen, aber fast das ganze Jahr über konnte man es watend überqueren. Ober- und unterhalb dieser Furt war das Wasser, je nach Jahreszeit, recht tief.

Wenige Schritte vom Ufer entfernt, zum Dorf hin, stand eines der Steinkreuze, die die westliche Begrenzung des Dorfes markierten. Es war mit geheimnisvollen Zeichen bedeckt und stand an der Stelle, an der vor langer Zeit der heilige Ägidius erschienen war.

Und dort, am von Bäumen gesäumten Flussufer, stand das Herrenhaus – das Rittergut des Lord Furnival – ein Haus, groß wie ich kein anderes kannte. Dort wohnte seit vielen Jahren der Vogt während der Abwesenheit des Ritters.

Das Gut, das zwei Stockwerke hoch aufragte und schmale Fensterschlitze besaß, war für mich wie eine mächtige, uneinnehmbare Burg. In seinem Inneren – es war mir nie gestattet gewesen, hineinzugehen, aber ich hatte davon gehört – befanden sich eine gewölbte Halle mit einem langen Tisch und Bänken, mehrere Schlafzimmer und eine Kapelle. An den Wänden hingen Bilder von Heiligen und alte Schlachtschilde. Im unteren Geschoss befand sich ein großes Lager für Weizen und andere im Dorf gezogene Nahrungsmittel.

Gegenüber dem Gutshaus, auf der anderen Seite der Straße, stand die Mühle. Sie war kleiner als das Herrenhaus und aus dicken Stämmen erbaut. Ihre Mahlsteine, die vom Wasser eines vom Fluss abgeleiteten Kanals bewegt wurden, waren aus massivem Stein.

In der Mühle wurde nicht nur unser Weizen und unsere Gerste gemahlen – natürlich nicht umsonst –, hier standen auch die Öfen, in denen wir Dörfler, auf Anordnung des Vogts, unser Brot backen mussten, was uns eine weitere Gebühr abverlangte.

Vom Flussufer ab gab es eine Straße, die den Reisenden, der den Fluss überquert hatte, erst nach Osten und dann, auf einer anderen Straße, nach Norden oder Süden führte. Dort, wo diese Straßen sich kreuzten, stand unsere steinerne Kirche Sankt Ägidius Am Fluss mit ihrer uralten Glocke.

Ober- und unterhalb der Kirche standen die Behausungen der Dorfbewohner, ungefähr vierzig Hütten und Häuser aus Flechtwerk und Kalk, Stroh und Holz, Dreck und Lehm in allen erdenklichen Brauntönen.

Im Norden lag die Dorfweide, wo die Bauern ihre eigenen Ochsen und Schafe grasen lassen durften. Hier befanden sich auch die Zielscheiben für die Bogenschützen, wo die erwachsenen Männer auf Anordnung des Königs jeden Sonntag üben mussten. An diesem Ort standen auch der Pranger und der Galgen.

Die Äcker erstreckten sich in langen, schmalen Streifen. Je einer von drei Streifen war mit Gerste und Weizen bepflanzt, der dritte lag brach und diente als Weide für das Vieh des Herrn.

Von den zwei Straßen, die durch Stromford führten, wusste ich nur, dass sie in andere, mir unbekannte Teile Englands führten. Und hinter England, stellte ich mir vor, lag der Rest der Welt: »die Große Christenheit«, wie unser Pfarrer sie nannte. In meinem ganzen Leben war ich noch nie über die Kreuze, die die Gemarkung unseres Dorfes begrenzten, hinausgekommen.

Alles – die Wälder, die Hütten, das Herrenhaus, die Mühle, die Straßen, die Äcker, die Dorfweide, selbst die Kirche und auch die winzigen Beete hinter den Hütten, auf denen Kräuter und Wurzeln gezogen wurden – *alles* gehörte Lord Furnival, der es im Namen des Königs besaß.

Der Vogt behauptete sogar, *wir* gehörten ebenfalls dem Lord. Als Dörfler mussten wir die Erlaubnis des Vogts einholen, wenn wir krank waren und der Arbeit fernbleiben wollten, wenn wir unseren Weizen mahlen oder backen wollten, wenn wir etwas kaufen oder verkaufen wollten oder wenn wir verreisen wollten, heiraten wollten und auch, wenn wir unsere Kinder taufen lassen wollten.

Als Gegenleistung erhielten wir zwei Dinge:

die Hoffnung, nach unserem Tod in den Himmel aufzufahren, und den Schutz Lord Furnivals vor den Schotten, den Franzosen, den Dänen und den bösen Ungläubigen.

An diesem Vormittag jedoch gab es für mich kaum noch einen Zweifel: Diesen Schutz hatte ich für alle Zeit verwirkt.

5

Ich sah von dem hohen Felsen hinab und fand alles ganz ruhig wie sonst auch. Auf den Feldern verrichteten die Männer, Frauen und Kinder ihre Fron. Sie pflügten, jäteten, säten und würden nicht vor dem Abend nach Hause gehen.

Doch dann entdeckte ich zwei Reiter, die aus der Richtung des Herrenhauses kamen. An der gebückten Haltung des einen Reiters erkannte ich John Aycliffe, den Vogt. Der andere Mann war vermutlich der, den ich in der Nacht zuvor mit ihm gesehen hatte.

Gemächlich ritten die beiden zur Kirche, stiegen von ihren Pferden und gingen hinein.

Ich wartete.

Die Kirchenglocke begann zu läuten, aber es war nicht das langsame, rhythmische Schlagen, das die kanonischen Stunden ansagte, sondern ein schrilles, drängendes Getöse, das Signal für wichtige Neuigkeiten.

Die Menschen auf den Feldern unterbrachen ihre Arbeit und sahen sich um. Dann setzten sie sich in Bewegung und

gingen zur Kirche. Andere kamen aus den Hütten und nach kurzer Zeit war das gesamte Dorf am Kirchtor versammelt. Als alle da waren, hörte das Glockengeläut auf.
Drei Männer traten aus der Kirche. Der Erste war der Vogt. Dann kam der Fremdling. Und als Letzter Vater Quinel, den ich an seiner vom Alter gebeugten Haltung erkannte. Die drei stellten sich vor dem Kirchenportal auf und der Vogt hielt eine kurze Ansprache. Dann begann der Fremdling mit einer längeren Rede.
Am Schluss sprach Vater Quinel. Danach ging er, gefolgt vom Vogt, dem Fremdling und den Dörflern, zurück in die Kirche.
Wieder läutete die Glocke, diesmal wie zum Beginn einer Messe. Weshalb oder für wen ahnte ich nicht.
Am liebsten wäre ich hingegangen, doch die Vernunft – durch die Zerstörung meines Heims geschärft – hielt mich zurück. Stattdessen neigte ich den Kopf zum Gebet: »Oh allmächtiger, gütiger Jesus, ich namenloser Niemand, der ganz allein auf Deiner Welt ist und nicht weiß, was er tun soll, ich, der ich voller Sünde bin, erflehe Deine Hilfe und Deinen Segen, sonst bin ich verloren.«

6

Schließlich traten sie alle aus der Kirche. Die meisten gingen an ihre Arbeit zurück, die einen auf die Felder, die anderen in ihre Hütten. Einige standen in Grüppchen zusammen und unterhielten sich vermutlich über die Neuigkeiten. Ich hätte wer weiß was darum gegeben, sie zu belauschen.

Der Vogt und der Fremdling bestiegen ihre Pferde und ritten zum Herrenhaus zurück, gefolgt von einigen Männern aus dem Dorf.

Aufs Neue musste ich überlegen, was ich tun sollte. Vielleicht sollte ich im Dorf Hilfe suchen? Aber dort gab es nur einen, dem ich trauen konnte: Vater Quinel. Meine Mutter hatte ihm vertraut, und war er nicht der Einzige, der mir mit ein wenig Freundlichkeit begegnet war?

Gerade, als ich mich entschieden hatte, mit ihm zu reden, kamen der Vogt und der Amtmann mit den Männern vom Dorf aus dem Herrenhaus. Sie waren mit Hellebarden bewaffnet – langen Lanzen, an deren Spitze eine scharfe Klinge befestigt war. Auch Pfeil und Bogen hatten sie dabei,

ich konnte sogar einen Langbogen entdecken. Bei ihrem Anblick wusste ich, dass meine schlimmsten Befürchtungen wahr geworden waren: Man hatte zur Jagd auf mich gerufen.
An den Fels gepresst beobachtete ich den Suchtrupp, so lange es ging. Als er jedoch im Wald verschwand, war es Zeit für mich zu fliehen. Mein Besuch beim Pfarrer musste bis zur Nacht warten.

7

Den ganzen Tag lang musste ich Verstecken spielen, und obwohl sie überall nach mir suchten, waren mir die Heiligen hold. Ich wurde nicht gefangen.
Einige Male kamen die Männer ganz in meine Nähe, ich hätte ihre Kleidung berühren können, als sie vorübergingen. Bei einer dieser Gelegenheiten erfuhr ich manches, das meine schlimmsten Vermutungen bestätigte.
Das geschah so: Am Nachmittag war ich auf eine große Eiche geklettert, deren dichtes Blätterwerk mich vollständig verbarg. Unter mir kamen zwei Männer vorbei.
Der eine war Matthew, ein stämmiger, ehrlicher Kerl, der berühmt war für seine Geschicklichkeit mit der Hellebarde. Der andere, Luke, war ein kleiner, drahtiger Mann, Stromfords bester Bogenschütze. Beide wohnten unweit der Mühle.
Sie rasteten unter dem Baum, auf dem ich mich versteckte, und ich hörte Matthew sagen: »Ich glaube nicht, dass wir den Burschen finden. Er muss schon Meilen entfernt sein.«
Dann schüttelte Matthew den Kopf und sagte: »Der Wahn-

sinn besitzt eine besondere Kraft. Das habe ich früher schon einmal beobachtet. Und der Vogt sagt, der Tod der Mutter hätte den Knaben in den Wahnsinn getrieben. Deshalb sei er ins Herrenhaus eingebrochen und hätte sein Geld gestohlen.«

Als ich hoch oben in meinem Versteck diese Worte vernahm, konnte ich sie kaum glauben: Ich wurde eines Diebstahls beschuldigt, den ich nicht begangen hatte.

»Das wird behauptet«, erwiderte Luke, aber, wie ich zu hören vermeinte, ohne große Überzeugung.

Eine Weile sprach keiner von ihnen.

Dann sagte Matthew vorsichtig mit gesenkter Stimme: »Wenn man das glauben soll. Glaubst du es denn?«

Ich hielt den Atem an, als Luke mit seiner Antwort zögerte. Schließlich sagte er: »Glaubst du, dass Astas Sohn, ein Knabe von dreizehn Jahren, der ängstlich ist wie ein Küken, in das Herrenhaus geht, die Geldtruhe aufbricht und in den Wald flüchtet? Ach, Matthew, in dieser Welt geschehen eigenartige Dinge. Das habe ich selbst schon erlebt. Aber, beim Kreuz des Allmächtigen, das kann ich nicht glauben.«

»Ich auch nicht«, bekräftigte Matthew, »aber der Vogt behauptet es.«

»Amen«, fügte Luke mit einem Seufzen hinzu.

Dann sprachen sie mit Bitterkeit von den Taten des Vogts, wie er ihnen immer mehr Arbeit und unzählige Bußgelder auflastete, immer höhere Steuern eintrieb, strengere Strafen verhängte, kurz, sie durch seine Tyrannei im Namen des Lord Furnival ihrer angestammten Freiheiten beraubte.

Luke spuckte aus und sagte: »Er ist nicht verwandt mit dem Lord. Nur mit seiner Frau.«
Worauf Matthew sagte: »Gott schenke unserem Herrn ein langes Leben, damit er uns bald besuchen kommt und wir ihm unsere Bitten vortragen können.«
Die Männer bekreuzigten sich und zogen weiter.
Solche Reden hatte ich auch schon früher belauscht, dann aber waren sie nur geflüstert vorgebracht worden. Die Menschen klagten oft über ihr schweres Leben, über die Abgaben, die Arbeit und die Bußgelder. So viel war schon geredet worden, dass der Vogt, der davon Kunde erhalten haben musste, eine Versammlung einberufen und verkündet hatte, solche Reden verstießen gegen Gottes Willen, gegen unseren König und gegen unseren Herrn, Lord Furnival. Dass er von nun an solche Reden als Hochverrat behandeln und mit Erhängen ahnden würde.
Da ich wusste, dass die Dinge sich nicht ändern ließen, trotz der Worte von Männern wie Matthew und Luke, kümmerten sie mich nicht weiter. Dass ich aber eines Verbrechens beschuldigt wurde, das ich nicht begangen hatte, ließ mir mein Los nur noch rätselhafter erscheinen.
Den Rest des Tages blieb ich versteckt und wagte nicht einmal – trotz meines Hungers – nach Nahrung zu suchen. Ich wartete, bis es dunkel wurde, bis lange nach der Vesper, dem Abendgebet, und traute mich erst zu rühren, als ich die Glocke zum Tagesschlussgebet, der Komplet, vernahm. Selbst dann blieb ich noch in meinem Versteck aus Angst entdeckt zu werden.
Als aber der Tag wirklich vorüber, das Abendläuten ver-

klungen und alles um mich stockstill geworden war, kletterte ich aus meinem Versteck.
Die Nacht war tiefschwarz, Mond und Sterne waren hinter Wolken verborgen. Die Luft war ruhig und wurde nur vom Gestank der Wildschweinsuhlen und dem Geruch brennenden Holzes, der aus dem Dorf herüberwehte, gestört. Im Dorf war es dunkel, nur im Herrenhaus brannte ein Licht. Erst dann schlich ich mich zur Kirche, allein, unsicher und voller Angst.

8

Vater Quinel wohnte in einem fensterlosen Anbau hinter der steinernen Kirche. Unter seiner Tür – einer der wenigen Türen, deren sich unser Dorf rühmen durfte – war kein Licht zu sehen, trotzdem klopfte ich sacht an.

»Wer da?«

»Ich bin es, Vater Quinel. Astas Sohn.«

Von drinnen kam ein leichtes Scharren. Dann ging die Tür auf. Das kleine, bleiche Gesicht des Pfarrers kam zum Vorschein. Sein ehemals weißes Gewand, das ihn von Kopf bis Fuß umhüllte, ließ ihn wie einen Geist erscheinen.

Vater Quinel, der sein ganzes Leben lang in Stromford gedient hatte, war vom Alter gezeichnet. Er war schmal und runzelig geworden, sein graues Haar bildete einen schütteren Kranz um seinen Kopf. Es gab Gerüchte, er sei der ungewollte Sohn des letzten Lord Furnival, der ihn schon im Knabenalter mit Kirchenpfründen versorgt habe.

»Gott sei gelobt. Du bist es wirklich?«, flüsterte er.

»Ja, Vater«, sagte ich und fügte schnell hinzu, »und das Geld habe ich nicht gestohlen.«

Er schlug das Kreuzeszeichen. »Gepriesen sei Jesus für deine Worte. Ich hatte es auch nicht für möglich gehalten.« Er packte mich mit seinen zitternden, knochigen Händen und sagte: »Komm schnell. Die Kirche ist am sichersten. Sie suchen dich überall. Ich habe etwas zu essen für dich. Falls jemand kommt, berufe dich auf den Schutz der Kirche.«

Er führte mich in die Kirche. Sie war so groß, dass zwei Männer aufeinander stehen mussten, um an die gewölbte Decke zu gelangen. Manche behaupteten, sie sei so alt wie die Welt und zur Geburt unseres Heilands erbaut worden. Selbst Peregrine, die Heilerin, die älteste Frau in unserem Dorf, wusste es nicht genau.

Die Kirche bestand aus einem offenen, mit Binsen ausgelegten Raum, wo wir Dörfler uns zur Messe, dem Pfarrer und dem Altar zugewandt, niederknieten. In dunkler Höhe schwebte ein hölzernes Kruzifix – der Schmerzensmann. Und darunter – auf dem Altar – stand eine dicke Talgkerze, deren ewiges Flackern spärliches Licht auf die weiß gekalkten Wände warf. Das Becken für die Taufe unserer Kinder stand an der Seite.

Die Wände zierten zwei verblichene Gemälde: Eins stellte unsere Liebe Frau dar mit vor Schmerz geweiteten Augen, in den Armen das winzige Jesuskind. Das andere zeigte den heiligen Ägidius, der das unschuldige Reh vor den Jägern beschützt. Dieses Bild war eine ständige Ermahnung an unseren Glauben. Und da ich am Tag unseres Patrons geboren war und er unser Dorfheiliger war, stellte ich mir vor, er sei eine Art Verwandter von mir. Wenn niemand anderes da war, schlich ich mich manchmal in die Kirche und betete zu ihm. Ich wollte das Reh sein, das er beschützte.

Vor dem Altar beugte der Pfarrer die Knie. Ich tat es ihm gleich. Als wir nebeneinander knieten, sagte er: »Sprich leise. Judas kann überall lauern. Hast du Hunger?«

»Ja, Vater«, murmelte ich.

Hinter dem zerschlissenen Altartuch zog er einen Laib Gerstenbrot hervor und gab ihn mir. »Ich hoffte, du würdest kommen«, sagte er.

Ich nahm das schwere Brot und biss heißhungrig davon ab.

»Wo warst du?«, fragte der Pfarrer.

»Im Wald.«

»Wusstest du, dass sie dich suchen?«

Ich nickte mit vollem Mund.

»Aycliffe behauptet, du hättest Geld aus dem Herrenhaus gestohlen.«

»Vater«, sagte ich, »in meinem ganzen Leben war ich noch nie in diesem Haus.«

»Ich glaube dir«, sagte der Pfarrer und legte mir beruhigend eine Hand auf die Wange. »Kaum einer im Dorf glaubt dieser Anschuldigung. Aber warum bringt Aycliffe deinen Namen mit dieser Untat in Verbindung?«

Ich erzählte dem Pfarrer, was mir nach der Flucht vom Grab meiner Mutter widerfahren war – von meinem Sturz, wie ich aufgewacht und Zeuge des Treffens auf der Lichtung geworden war und Aycliffe versucht hatte, mich umzubringen.

»Davon hat er nichts erzählt«, sagte der Pfarrer.

»Aber es ist die Wahrheit.«

»Was war das, was er dort gelesen hat?«, fragte Vater Quinel. »Auch davon hat er nichts erzählt.«

»Ich weiß es nicht«, sagte ich und fragte: »Wer war dieser fremde Mann auf der Lichtung?«

»Sir Richard du Brey«, sagte der Pfarrer. »Er brachte die Kunde, dass Lord Furnival – Gott schütze ihn – vom Krieg heimgekehrt sei. Er sei krank und erwarte seinen Tod.«

»Der Fremde sagte, Aycliffe müsse sofort handeln.«

»Weshalb?«

Ich zuckte die Achseln. »Er sagte: ›Seid Ihr nicht mit ihr verwandt? Bedenkt die Folgen, wenn Ihr stillhieltet.‹ Worauf Aycliffe antwortete: ›Es würde für uns alle eine große Gefahr bedeuten.‹ Dann sagte der Mann: ›Genau. Das könnten auch andere so sehen und entsprechend handeln. Selbst Ihr würdet in Gefahr geraten.‹ Für mich ergaben ihre Worte keinen Sinn.«

Der Pfarrer dachte schweigend nach.

»Vater«, sagte ich, »was geschieht, wenn sie mich fangen?«

Der Priester legte seine Hand auf meine Schulter. »Der Vogt hat dich für vogelfrei erklärt.«

»Vogelfrei!«, flüsterte ich entsetzt.

»Weißt du, was das bedeutet?«

»Dass … dass ich nicht mehr als Mensch gelte«, sagte ich verzagt. »Dass jeder mich … töten kann. Haben sie deshalb unser Haus niedergerissen?«

»Wahrscheinlich.«

»Aber … warum?«

Der Pfarrer stützte sich auf die Fersen und versank in Gedanken. Ich betrachtete sein Gesicht im kargen Licht. Er

wirkte verzweifelt, als lastete das Leid der ganzen Welt auf seiner Seele.
»Vater«, probierte ich es noch einmal, »hat es etwas mit meiner Mutter zu tun?«
Er senkte den Kopf. Als er wieder aufblickte, sah er mich starr an. »Astas Sohn, du musst fliehen, sonst hast du dein Leben verwirkt.«
»Aber wie kann ich das?«, fragte ich. »Ich bin an dieses Land gebunden. Sie werden mir niemals erlauben zu gehen.«
Vater Quinel seufzte, beugte sich vor und legte mir wieder seine zerbrechliche Hand an die Wange. »Höre genau zu, Astas Sohn. Als du geboren wurdest, taufte ich dich auf den Namen … Crispin.«
»Wie?«, schrie ich.
»Es geschah im Geheimen. Mehr noch, deine Mutter bat mich, dir und niemandem etwas zu sagen. Sie wollte dich einfach nur ›Sohn‹ nennen.«
»Aber warum?«, fragte ich.
Er atmete tief ein, dann sagte er: »Hat sie dir jemals von deinem Vater erzählt?«
Der Pfarrer überraschte mich immer mehr mit seinen Worten. »Von meinem Vater? Nur dass er vor meiner Geburt starb. Während der Pest«, wiederholte ich die Worte meiner Mutter. »Aber was hat das mit meinem Namen zu tun? Oder mit dem, was mir jetzt widerfährt?«
»Mein lieber Knabe«, sagte der Pfarrer traurig, »versuche irgendwie in eine freie Stadt zu kommen, ich flehe dich an. Gelingt es dir, dort ein Jahr und einen Tag zu bleiben, wirst du deine Freiheit erlangen.«

»Freiheit? Aber was soll ich damit?«

»Du könntest leben, wie es dir gefällt. Wie ein Herr ... oder ein König.«

»Vater«, erwiderte ich, »das kann ich nicht. Ich bin, was ich bin. Ich kenne nichts anderes als Stromford.«

»Trotzdem, du musst gehen. Es gibt genug freie Städte: Canterbury, Great Wexly, Winchester. Sogar London.«

»Was ... was sind das für Orte?«

»Viele Seelen leben dort, viel mehr als hier. So viele, dass man sie nicht zählen kann. Aber sei versichert, auch sie sind Christen.«

»Vater«, sagte ich, »ich weiß nicht einmal, wo diese Städte liegen.«

»Ich weiß es selbst nicht genau«, gestand er. »Du musst den Straßen folgen und fragen, wenn du nicht weiterweißt. Gott wird dich leiten.«

»Gibt es keine andere Möglichkeit?«

»Du könntest ein Kloster aufsuchen und dich der Kirche anbieten. Aber das ist ein schwerer Schritt, auf den du nicht vorbereitet bist. Und außerdem hast du dafür nicht genug Geld. Hätte ich etwas, es wäre deins. Nein, das Wichtigste ist, dass du von hier fort gehst.«

»Was ist mit meiner Mutter, das Ihr mir verbergt, Vater?«

Er gab keine Anwort.

»Vater ...«, drängte ich, »war Gott böse auf sie ... und auf mich?«

Er schüttelte den Kopf. »Der Mensch weiß nicht, was Gott ihm bestimmt hat. Was ich aber weiß, ist, dass du fort musst.«

Enttäuscht erhob ich mich, doch der Pfarrer hielt mich fest.
»Du hast einen langen und schweren Weg vor dir«, sagte er. »Wenn du dich noch einen Tag im Wald verstecken kannst, werde ich etwas Proviant für dich besorgen. Und vielleicht finde ich heraus, wohin du am besten gehst.«
»Wie Ihr wünscht, Vater.«
»Dein Gehorsam ehrt dich. Komm morgen Nacht wieder, bevor du aufbrichst. Komm zum Haus der Heilerin. Ich werde sie bitten, dir einiges zu deinem Schutz mitzugeben.«
Ich machte mich wieder auf, um zu gehen.
»Und«, fügte er hinzu, als sei er zu einem Entschluss gelangt, »wenn du kommst ... werde ich dir von deinem Vater erzählen.«
Ich drehte mich zu ihm um. »Warum erzählt Ihr es mir nicht jetzt?«
»Es ist besser, sicherer für dich, wenn du diese Dinge erst erfährst, wenn du gehst. Dies und meinen Segen, mehr kann ich dir nicht mitgeben.«
»War er ein Sünder?«, wollte ich wissen. »Hat er ein Unrecht begangen? Muss ich mich für ihn schämen?«
»Ich erzähle dir alles, was ich weiß, wenn du bei Peregrine bist. Aber komme erst, wenn es dunkel ist, damit niemand dich sieht.«
Ich nahm seine Hand, küsste sie und wollte mich auf den Weg machen. Aber er hielt mich wieder fest.
»Kannst du lesen?«
»Nicht mehr als meine Mutter.«
»Sie konnte lesen.«

»Vater, Ihr täuscht Euch.«

»Sie konnte auch schreiben.«

Verwirrt schüttelte ich den Kopf. »Was Ihr alles sagt: mein Name, Lesen und Schreiben, mein Vater … Warum hätte meine Mutter diese Dinge vor mir verbergen sollen?«

Der Pfarrer schwieg nachdenklich. Dann zog er aus seiner Tasche das bleierne Kreuz meiner Mutter, das sie immer zum Beten benutzt hatte und das sie in Händen hielt, als sie starb. Ich hatte es ganz vergessen. Er hielt es hoch.

»Es gehörte deiner Mutter.«

»Ich weiß«, sagte ich betrübt.

»Weißt du, was auf dem Kreuz ist?«

»Ich glaube, da steht etwas geschrieben.«

»Ich habe gesehen, wie deine Mutter diese Worte geschrieben hat.«

Ungläubig sah ich ihn an. »Aber …«

»Morgen«, unterbrach er mich und faltete meine Hände um das Kreuz, »morgen erkläre ich dir alles. Denke daran, Gott heilt alle Dinge. Und nun geh und verstecke dich gut.«

Unzufrieden verließ ich die Kirche. Im Hinausgehen meinte ich, einen Schatten wahrzunehmen.

Voll Sorge, beobachtet worden zu sein, blieb ich stehen und spähte in die Richtung, aus der die Bewegung gekommen war. Ich konnte aber nichts entdecken oder hören.

Ich nahm an, es sei nur Einbildung gewesen, außerdem war ich innerlich zu aufgewühlt, um mich weiter darum zu kümmern. Ich ging in den Wald zurück, wo ich mich zu einem unruhigen Schlaf niederlegte.

Warum war ich zu Unrecht beschuldigt worden? Diese Frage ging mir nicht aus dem Kopf. Warum war ich für vogelfrei erklärt worden?
Und dann die Sache mit meinem Vater. Warum hatte meine Mutter mir nie etwas über ihn erzählt? Und was war es, was Vater Quinel Wichtiges darüber zu erzählen wusste?
Am meisten aber wunderte ich mich über das, was der Pfarrer über meine Mutter erzählt hatte. Dass sie mich auf einen Namen hatte taufen lassen ... *Crispin*. Das schien ein anderer zu sein. Aber, wenn es stimmte, warum hatte sie es geheim gehalten? Und dass sie lesen und schreiben konnte, war bestimmt nicht wahr. Aber, wenn doch, warum hatte sie mir solche Fähigkeiten verschwiegen? In der Dunkelheit hob ich ihr Kreuz vor meine Augen. Natürlich konnte ich nichts erkennen. Und lesen konnte ich sowieso nicht.
Meine Mutter war der einzige Mensch gewesen, den ich zu kennen glaubte, auf den ich mich verlassen und dem ich vollständig vertraut hatte. Und doch hatte ich Dinge erfahren, die mir deutlich machten, dass ich sie nicht gekannt hatte.
Ich wusste nicht mehr, was ich glauben sollte. Die Wahrheit war zum Greifen nahe, aber ich war so durcheinander, dass ich nicht darüber nachdenken wollte. Nach allem, was der Pfarrer mir erzählt hatte, war mir mein Herz eng wie eine belagerte Stadt.

9

In der Früh erklomm ich meinen Felsen und hielt Ausschau, ob die Suchtrupps ihre Verfolgung wieder aufgenommen hatten. Zum Glück konnte ich nichts entdecken. Trotzdem traute ich dem Frieden nicht und verbrachte den Tag in ängstlichem Müßiggang, beobachtete die Gegend, döste und suchte Eicheln und Beeren als Nahrung.

Manchmal betete ich um Hilfe, wie meine Mutter es immer getan hatte, und hielt dabei ihr kleines Kreuz fest in meinen Händen. Manchmal sprach ich den Namen *Crispin* laut vor mich hin. Er war wie ein neues Gewand, das für ein altes eingetauscht wurde: begehrt, aber noch nicht eingetragen.

Ich überlegte, was mir der Pfarrer über meinen Vater erzählen wollte, und befürchtete das Schlimmste: dass er ein Verbrecher gewesen war, vielleicht ein Verräter oder ein aus der Kirche Ausgestoßener, ein Mensch, der mein Gefühl von Schmach nur noch schlimmer machen würde. Ich fragte mich sogar, ob er der Grund war, warum ich für vogelfrei erklärt worden war – weil auch mein Vater ein Vogelfreier gewesen war.

Worüber ich aber am meisten grübelte, war, was der Pfarrer über meine Mutter erzählt hatte.
Der Tag schien kein Ende nehmen zu wollen, aber dann brach endlich die Nacht herein. Als es vollständig dunkel geworden war, machte ich mich auf den Weg zum Dorf und der Kirche. Obwohl ich immer noch aufgewühlt war, wollte ich tun, wie der Pfarrer mich geheißen hatte.
Der Himmel war sternenklar, eine schmale Mondsichel hing über den Bäumen. Der Weg verlief ohne Zwischenfälle. Aber kaum näherte ich mich der Kirche, löste sich eine Gestalt aus deren Schatten. Mit klopfendem Herzen blieb ich stehen.
»Bist du das, Astas Sohn?«, flüsterte jemand.
Ängstlich hielt ich den Mund.
»Ich bin es, Cerdic«, sagte die Stimme. Cerdic war ein Knabe aus dem Dorf, kaum älter als ich.
Misstrauisch antwortete ich: »Was willst du?«
»Vater Quinel hat mich herbestellt. Er sagt, er könne dich nicht treffen.«
»Mich nicht treffen?«, rief ich.
»Er sagt, du sollst mir folgen.«
»Aber … wo ist er?«, fragte ich. »Und warum kann er nicht kommen?«
»Ich weiß nicht.«
»Warum hat er mit dir gesprochen?«
»Ich … das weiß ich auch nicht«, stammelte Cerdic.
Ich starrte in die Dunkelheit. »Und wohin soll ich dir folgen?«
»Über die Straße, die nach Westen führt«, sagte Cerdic. »Vater Quinel sagt, dieser Weg sei der sicherste.«

»Aber er hat mir gesagt, ich soll zur Heilerin Peregrine gehen und ihn dort treffen«, protestierte ich.

»Ich sage doch, er kann nicht.«

Ich wusste nicht, ob ich dem Knaben trauen konnte, wusste aber auch nicht, was ich tun sollte. Also blieb ich stehen, wo ich war.

Cerdic bewegte sich ein paar Schritte fort. »Kommst du?«, rief er.

»Ich muss tun, was mir gesagt wurde«, antwortete ich und machte mich auf zu Peregrines Haus.

Cerdic folgte mir.

Peregrine war nicht nur die Dorfälteste, sie war auch Heilerin und Hebamme und kannte allerlei alte Zauber. Sie war ein hässliches, altes Weib, klein und gebückt, mit einem schwachen roten Mal auf der rechten Wange und borstigen Haaren am Kinn. Sie war es, die mich auf diese Welt befördert hatte. Wie alle anderen aus dem Dorf betrachtete ich sie mit einer Mischung aus Furcht und Faszination.

Die Hütte der Alten war, wie die meisten Behausungen in unserem Dorf, aus ein paar Brettern zusammengenagelt. Das Dach war mit Stroh bedeckt und die Wände aus Lehm und Flechtwerk gebaut. Hinter dem türenlosen Eingang befand sich zu beiden Seiten je ein Raum. Der eine diente als Stall für ihre Tiere – eine Kuh, Schweine und Gänse – und als Vorratskammer. Im anderen wohnte sie.

Voll schlimmer Vorahnungen betrat ich ihre Hütte. Auf der Wohnseite brannte als einzige Lichtquelle ein offenes Feuer. In der rauchgeschwängerten Luft sahen die Kräuterbüschel, die von den Dachsparren hingen, wie baumelnde

Tierkadaver aus. Auf dem Feuer stand ein dreibeiniger Eisentopf, in dem etwas köchelte. Der Duft von Essen ließ mir das Wasser im Mund zusammenlaufen.
»Wer da?«, rief Peregrine zahnlos und mit rasselnder Stimme durch den Rauch.
»Ich bin es, Astas Sohn.«
»Ist das der Pfarrer bei dir?«
»Nein, Cerdic.«
»Wo ist der Pfarrer? Ich habe ihn erwartet.«
»Er sagte, er könne nicht kommen«, erzählte Cerdic, der hinter mir eingetreten war.
Durch die Rauschschwaden musterte sie den Knaben. »Hat er dir einen Grund genannt?«
»Nein.«
»Es muss etwas passiert sein«, murmelte sie und sah mir in die Augen. Ein strenger Geruch ging von ihr aus und ich bemerkte das Mal auf ihrer Wange. »Bist du bereit zum Aufbruch?«, fragte sie.
»Der Pfarrer sagte, ich müsse fort.«
»Ja. Alle sind hinter dir her. Der Vogt hat zwanzig Schilling auf deinen Kopf ausgesetzt.«
»Zwanzig Schilling!«, rief ich. Das war ein halber Jahreslohn. Niemand im Dorf besaß so viel Geld. »Warum so viel?«
»Er will deinen Tod«, sagte Peregrine.
»Wisst Ihr, wo der Vogt nach mir sucht?«, fragte ich voller Angst.
Cerdic antwortete. »Der Amtmann erzählte den Leuten, er wolle auf der Straße nach Norden nach dir suchen.«

»Dann gehst du am besten nach Süden«, sagte Peregrine.
»Aber gibt es dort auch Städte?«, fragte ich.
»Das weiß ich nicht«, erwiderte die Alte. »Und nun komm her«, befahl sie, »der Pfarrer hat mich gebeten, dich mit einem Schutz zu versehen. Ich tue es ihm zuliebe, Astas Sohn, nicht deinetwegen.«
Widerstrebend trat ich vor. Sie reckte die Arme nach oben und legte mir einen Riemen mit einem kleinen Lederbeutel um den Hals. Dann sprach sie Worte, die ich nicht verstand.
»Iss das, bevor du gehst«, sagte sie und drückte mir eine Schale mit Haferbrei in die Hand.
Ich verstaute das bleierne Kreuz in dem Lederbeutel, dann stopfte ich den Brei mit den Fingern in meinen Mund. Als ich fertig war, gab ich die Schale zurück.
»Und hier hast du etwas Brot«, sagte die Alte und reichte mir ein Säckchen. »Es ist nicht viel, aber für den Anfang wird es reichen.«
Kaum hatte ich das Säckchen genommen, da packte mich die Alte mit ihrer kleinen Hand am Arm, zog mich zum Eingang und stieß mich hinaus. »Gott sei mit dir, Astas Sohn.«
Auch sie wollte, dass ich verschwand.

10

»Geh lieber nicht nach Süden«, sagte Cerdic, kaum dass wir draußen waren.

»Warum nicht?«, fragte ich und versuchte meine Unruhe zu verscheuchen.

»Ich habe dir doch gesagt, der Vogt will im Norden nach dir suchen. Warum erzählt er so etwas herum, wenn er es geheim halten möchte? Ich glaube, er *möchte,* dass du nach Süden gehst. Nimm lieber einen anderen Weg.«

»Aber wohin?«

»Wenn der Vogt sagt, er will im Norden suchen, nimm eine Richtung, die sie am wenigsten erwarten. Geh nach Westen. Das hat auch Vater Quinel gesagt.«

»Aber dann müsste ich am Herrenhaus vorbei«, erwiderte ich.

»Da sucht bestimmt keiner nach dir.«

Ich wusste nicht, ob ich Cerdic trauen konnte, aber es klang vernünftig, was er sagte. Trotzdem entgegnete ich: »Erst will ich noch zur Kirche. Vielleicht finde ich dort Vater Quinel.«

»Aber beeile dich.«

In Begleitung von Cerdic machte ich mich auf den Weg durchs Dorf. Zur Sicherheit vermied ich die Straße und schlich lautlos durch die rückwärtigen Gassen hinter den Hütten vorbei.

Als wir zur Kirche kamen, klopfte ich erst an die Tür des Pfarrers und als niemand antwortete, betrat ich die Kirche. Aber auch dort war niemand.

Cerdic musste meine Gedanken erraten haben, denn er sagte: »Vielleicht wartet er auf der anderen Seite des Flusses. Vielleicht hat er deshalb gesagt, du sollst diesen Weg einschlagen.«

Von neuer Hoffnung erfüllt schlich ich zur Straße und ging in westlicher Richtung weiter, Cerdic immer im Schlepptau. Bald ragte das Herrenhaus von Lord Furnival vor uns auf. Aus einem der Fenster fiel Licht auf die darunterliegende Straße. Das Licht beleuchtete das Wegkreuz und ich erkannte gegenüber dem Herrenhaus die Mühle. Der Anblick des Kreuzes wühlte mich auf. Für mich bedeutete es, ich würde wirklich den Ort verlassen. Ich zögerte.

»Es ist der einzige Weg«, sagte Cerdic und schlug das Kreuzeszeichen über seiner Brust.

Ich spähte in die Dunkelheit, konnte aber niemanden sehen. Ich betete, Vater Quinel möge tatsächlich am anderen Ufer auf mich warten.

»Geh weiter«, drängte Cerdic.

Nach einigen Schritten hörte ich hinter mir ein Geräusch, als ob jemand die Trommel schlüge. Verwirrt blieb ich stehen und spähte zurück.

Noch war nichts zu sehen, aber die Trommel schlug in einem fort. Dann merkte ich, dass Cerdic etwas zurückgeblieben war. Ich drehte mich wieder zum Wegkreuz um und sah plötzlich schattenhafte Gestalten, die sich aus dem dunklen Straßenrand lösten. Es waren vier Männer. Sie rannten auf die Straße und schnitten mir den Weg ab.

»Cerdic«, rief ich.

Als er nicht antwortete, sah ich mich um. Er war fort.

Ich drehte mich wieder nach vorn. Zwei der Männer waren mit Hellebarden bewaffnet. In der Hand eines anderen blitzte ein Schwert.

Nach einer Fluchtmöglichkeit suchend drehte ich mich um und sah vier weitere Männer auf mich zukommen.

Ich war in eine Falle geraten.

11

»Astas Sohn«, ertönte Aycliffes Stimme, »im Namen von Lord Furnival klage ich dich hiermit des Diebstahls an. Ergib dich.«

Vor Schreck blieb ich bewegungslos stehen.

»Der Knabe ist ein Vogelfreier!«, rief der Vogt. »Erschlagt ihn!«

Von allen Seiten drangen Männer auf mich ein.

Ich rannte zur Mühle, die einzige Richtung, die mir nicht versperrt war. Dort tastete ich mich an der Außenwand entlang, fand einen Vorsprung und begann mich hochzuziehen in der Hoffnung, auf diese Weise meinen Verfolgern zu entkommen. Doch dann gab es einen fürchterlichen Knall, keine Handbreit von meinem Kopf entfernt. Ich sah mich um und entdeckte einen Pfeil, der sich in die Balken der Mühle gebohrt hatte. Besinnungslos vor Entsetzen lockerte ich meinen Griff und ließ mich zu Boden fallen. Dort hockte ich einen Augenblick lang und versuchte, wieder zu Atem und zu Besinnung zu kommen. Ich hörte, wie die Männer näher kamen, sprang auf und kroch um die Hausecke.

Aycliffe feuerte die Männer an: »Beeilt euch! Er ist hinter der Mühle. Tötet ihn. Er darf nicht entkommen!«
Auf der anderen Seite der Mühle war es vollständig dunkel, so dunkel, dass ich nicht die Hand vor Augen sehen konnte. Und schon im nächsten Augenblick rutschte ich aus und stürzte ins Wasser.
Ich schnappte nach Luft und schlug wild um mich, bis meine Füße Boden berührten. Das Wasser stand mir bis zur Brust. Ich war in das Mühlgerinne gefallen, einen Graben, durch den das Wasser des Flusses geleitet wurde, um das Mühlrad anzutreiben.
Nun, da ich wusste, dass ich nicht ertrinken konnte, hielt ich inne, um Atem zu schöpfen und zu lauschen.
Durch die Dunkelheit hörte ich das Geschrei des Vogts und das Trampeln der Männer, die nach mir suchten.
Ich beschloss, am Mühlgerinne entlang gegen die Strömung bis zum Fluss zu waten. Je weiter ich vorankam, desto leiser wurde der Tumult hinter mir. Trotzdem zweifelte ich nicht, dass sie mich immer noch suchten.
Die Strömung wurde stärker. Ich blieb stehen, hangelte mich am Rand hoch und rollte mich auf die Erde.
Vor mir hörte ich das Rauschen des Flusses. Ich kroch einen sanften Abhang hinab, bis meine Hände erneut Wasser tasteten. Der Fluss.
Da ich nicht schwimmen konnte und auch nicht wusste, wie tief das Wasser an dieser Stelle war, wagte ich nicht, den Fluss zu überqueren, und hockte mich ans Ufer.
Flussaufwärts entdeckte ich Lichter, die aussahen wie Fackeln. Die Männer suchten die Furt ab, weil sie dachten, ich

würde den Fluss dort überqueren. Ich musste also entweder hier hinüber oder einen ganz anderen Weg einschlagen.
Ich fürchtete mich vor dem Fluss. So beschloss ich, wieder zurück zum Mühlgerinne zu gehen. Ich glitt hinein, watete auf die andere Seite und kletterte hinaus. Kaum hatte ich wieder festen Boden unter den Füßen, begann ich zu rennen.
Ich rannte an den Hütten vorbei und über die frisch gepflügten Felder, bis ich zur Straße kam. Von dort rannte ich ohne Unterbrechung weiter.
Im spärlichen Mondlicht erreichte ich das südliche Ende von Stromford und blieb am dortigen Wegkreuz stehen.
Als ich niederkniete, um zu beten, sah ich vor mir etwas am Boden liegen. Einen Augenblick später wurde mir klar, dass dort ein Mensch lag.
Mein erster Gedanke war, es könnte eine Wache sein, die mich aufhalten sollte und eingeschlafen war. Aber als die Gestalt sich nicht rührte, kroch ich, wenn auch ängstlich, näher.
Es war Vater Quinel. Er lag reglos da. »Vater«, rief ich leise.
Er antwortete nicht.
Ich streckte die Hand aus und berührte ihn sanft. »Vater?«, rief ich ein zweites Mal.
Er rührte sich noch immer nicht.
Und als ich genauer hinblickte, sah ich, dass seine Kehle durchschnitten war und sein Blut, das in der Dunkelheit schwarz aussah, auf dem Erdboden eine Pfütze bildete.
Ich unterdrückte einen Schrei und kniete mich, am ganzen

Körper zitternd, nieder. Entsetzt sprach ich ein Stoßgebet zum heiligen Ägidius und flehte ihn um seinen Segen an für den Pfarrer und für mich. Dann rannte ich fort.
Nun wusste ich mit Bestimmtheit, dass Gott mich gänzlich verlassen hatte.

12

Manchmal rannte ich, manchmal konnte ich nur noch gehen. Aber ich wusste genau – wenn der Vogt auf seinem Pferd mich einholte, wäre das mein sicherer Tod.

Bei jedem Schritt vorwärts und bei jedem Blick zurück vergoss ich bittere Tränen. Ich zweifelte nicht daran, dass der Tod des Pfarrers etwas mit mir und meiner Mutter zu tun hatte. Hatten sie ihn ermordet, weil er mir helfen wollte oder weil er mir die Wahrheit über meinen Vater oder meine Mutter eröffnen wollte?

Mühsam schleppte ich mich voran, hielt mich immer auf der Straße, obgleich es eine kühne Übertreibung war, diesen aufgeweichten Weg als Straße zu bezeichnen. Es war ein holpriger, lehmiger, mit wenigen Bohlen befestigter Pfad, dem ich folgte.

Ich war erst ein kleines Stück des Weges gelaufen, als ich bemerkte, dass ich das Brotsäcklein der Heilerin verloren hatte. Ich hielt an und überlegte, zurückzugehen und es zu suchen. Da dies aber eine Narrheit gewesen wäre, blieb mir nichts anderes übrig, als im Weitergehen nach Nahrung zu suchen.

Ich fasste an meinen Hals. Der kleine Lederbeutel mit dem Bleikreuz, den die Alte mir gegeben hatte, war immer noch da. Froh, wenigstens das noch zu besitzen, ging ich weiter.

Zuerst führte die Straße durch offenes Gelände, bald aber kam ich in einen Wald, der so dicht von knorrigen Bäumen bestanden war, dass weder Mond- noch Sternenlicht hindurchdrangen. Nach einer Weile blieb ich erschöpft stehen, sank zu Boden und lehnte mich gegen einen Baum.

Ich war so aufgewühlt von der Flucht und meinem knappen Entkommen, ganz zu schweigen von meinen verwirrenden Gefühlen, dass ich keine Ruhe fand. Ich musste ständig an das Geschehene denken und versuchte zu begreifen, wie und warum das alles passiert und ich ein Vogelfreier geworden war. Was mein weiteres Schicksal anbetraf, so sah ich meinen baldigen Tod in einem anonymen Grab vor mir – und das auch nur dann, wenn das Schicksal mir wohlgesonnen wäre. Außerdem wusste ich auch, dass ein einsamer Tod ohne die heiligen Sakramente die Hölle und die ewige Fortsetzung meiner Qualen bedeuten würde.

Schlaflos saß ich in finsterer Nacht und zuckte beim geringsten Rascheln und Knacken zusammen. Wind kam auf, stöhnte in den Ästen und schlug knirschend Baumstämme gegeneinander. Dazwischen war das Heulen einer Eule zu hören, der Verbündeten des Teufels. Am schlimmsten aber war die immer wieder plötzlich eintretende Stille, in der mir war, als ob jemand oder etwas mir auflauerte.

Schließlich warf ich mich zu Boden und flehte in langen, innigen Gebeten unseren Retter Jesus Christus, die Heilige Mutter Gottes und vor allem meinen heiligen Sankt Ägidius um Gnade, Führung, Trost und Schutz an.

So legte ich denn mein Schicksal in Gottes gnädige Hände, was mir ein wenig Erleichterung verschaffte. Ich fiel in einen unruhigen Schlaf, nicht wissend, was mich am nächsten Tag erwartete.

13

Am nächsten Morgen weckte mich das Geräusch schlagender Hufe. Höchst beunruhigt warf ich mich zu Boden und reckte den Kopf gerade hoch genug, um die Straße zu überblicken. Es waren John Aycliffe, der Vogt, und der Fremdling, der mit ihm im Wald gewesen war. Und auch der Amtmann war dabei. Sie galoppierten an mir vorüber und verschwanden schnell außer Sichtweite.

»Danke, dass du mich beschützt hast, Sankt Ägidius«, flüsterte ich.

Schweißgebadet vor Angst rollte ich mich auf den Rücken und starrte hoch in die Zweige. Durch trübes Licht fiel kalter Regen auf mich herab.

Mit steifen Gliedern, durchfrorenen Knochen und benommenem Geist drehte ich mich zur Seite. In diesem Augenblick huschte ein winziges Tier neben mir ins Unterholz. Wie sehr wünschte ich mir da, selbst so eine kleine Kreatur zu sein und mich so gut wie sie verstecken zu können.

Wie ich so dalag, erinnerte ich mich des Beutels der Heilerin Peregrine. Mit einem Anflug von Hoffnung setzte ich mich auf, nestelte das Band von meinem Hals und leerte den Inhalt des Beutels in meine Hand. Zu meinem Entsetzen sah ich nur drei Samenkörner, Weizen, Gerste und Hafer – sowie das bleierne Kreuz meiner Mutter.

Tief enttäuscht warf ich die Körner beiseite und beschloss, nur das Kreuz als einzige Erinnerung an meine Vergangenheit zu behalten.

Wollte ich weiterleben, durfte ich nicht nach Stromford zurückkehren. Doch ich hatte entsetzliche Angst vor der offenen Straße. Wenn mich der Vogt sähe, was dann? Und was Vater Quinel mir über die Städte erzählt hatte, erfüllte mich derart mit Angst, dass ich mich nicht traute, weiterzugehen.

Ich, der ich mich jetzt schon weiter von der Heimat entfernt hatte denn je, dessen Leben sich so schnell und grundlegend verändert hatte, der niemals zuvor eine wirklich wichtige Entscheidung hatte treffen müssen – musste jetzt alles allein entscheiden. Die Folge war, dass ich blieb, wo ich war. Ich wagte nicht, mich weit von der Straße zu entfernen, aus Angst, den lehmigen Pfad zu verlieren, der mich mit dem Leben, das ich kannte, verband. Wirklich, ich wusste nicht, was ich sonst hätte tun sollen.

Während der folgenden zwei Tage blieb ich im Wald und streifte nur einige Male auf der Suche nach Nahrung umher. Alles, was ich fand, waren Eicheln und bittere Wurzeln.

Alles in allem verbrachte ich die Zeit in zielloser, erdrückender Trauer, zerrissen von der Furcht und dem Wunsch, entdeckt zu werden. Würde ich gefangen werden, hätte wenigstens mein Leiden ein Ende.

Am Nachmittag des zweiten Tages sah ich wieder den Amtmann auf der Straße. Da er allein war, vermutete ich ihn auf dem Weg zurück nach Stromford, was mich ein wenig beruhigte, obgleich ich mich fragte, wo der Vogt war. Mir ging der Gedanke nicht aus dem Kopf, dass dieser mir irgendwo auflauerte.

Nachdem der Amtmann verschwunden war, erinnerte ich mich meines Auftrags: Ich musste so weit wie möglich von Stromford fort in eine Stadt mit eigenen Privilegien. Das hatte Vater Quinel mir aufgetragen.

Solche Gedanken zwangen mich zurück zur Straße, wo ich meinen Weg fortsetzte. Manchmal stolperte ich. Manchmal setzte ich mich an den Wegrand, vergrub meinen Kopf in den Armen und wartete. Worauf, das wusste ich nicht. Doch dann ging ich, getrieben von dem Wunsch, irgendetwas zu tun, weiter.

Am Abend dieses Tages, als die Angst, die Einsamkeit und der Hunger mich übermannten, fiel ich auf die Knie und stammelte, aus tiefstem Herzen schluchzend, meine Gebete. Ich bekannte unserem Herrn Jesus meine große Unwürdigkeit und suchte in meinem Herzen nach Sünden, die ich ihm beichten konnte. Diesmal flehte ich ihn an, er möge mich zu sich rufen, damit ich meiner Mutter in sein Reich folgen könnte. Ich gestehe zu meiner großen Schmach, dass ich nicht länger leben wollte, was, wie ich wohl wusste, eine Sünde war.

14

Als ich am dritten Morgen meiner Flucht erwachte, fand ich mich in einer wollig-grauen Nebelwelt wieder. Dichter, klammer Dunst, der jegliches Geräusch erstickte, klebte Ekel erregend wie Krötenfinger an meinem Körper. Die Umrisse der Büsche glichen fauligen Heuhaufen, kein Sonnenstrahl drang durch die Wolken. Meine ganze Welt war auf die vagen Ränder der aufgeweichten Straße geschrumpft. Einsam wie Adam vor der Erschaffung Evas wanderte ich weiter.

Ich tastete mich durch den undurchdringlichen Nebel, meine Schuhe waren nass und versanken in der lehmigen Erde. Als die Straße eine Steigung hinaufführte, entdeckte ich plötzlich vor mir etwas, das aussah wie ein schwebender Mensch. Mit klopfendem Herzen blieb ich stehen und sah genauer hin.

War das ein Sterblicher? Zuerst dachte ich, es sei der Vogt. Oder ein Geist? Vielleicht ein Dämon? Oder war es ein Engel, der vom Himmel herabgestiegen war, um mich den gütigen Armen Gottes zuzuführen?

Doch dann erkannte ich, dass es sich um einen Toten handelte, der von einem Galgen an einer Weggabelung baumelte. Mein Herz stockte und ich näherte mich vorsichtig. Es war wirklich ein Mensch – ein Mensch gewesen. Doch nun war sein Gesicht verzerrt und hatte die Farbe von schimmeligem Grün, seine Zunge war blau und hing bis zum Kinn herab. Ein Auge war merkwürdig hervorgequollen, das andere fehlte vollständig. Der Körper war von nässenden Wunden übersät, die aufgedunsenen Gliedmaßen schlenkerten haltlos hin und her. Die Zehen an seinen bloßen Füßen waren gekrümmt wie Hühnerkrallen. Seine Kleidung bestand aus nichts als einem schmutzigen zerlumpten Lendentuch. Auf seiner linken Schulter saßen blauschwarze Krähen und taten sich gütlich an seiner Verwestheit. Er stank nach Tod.
Aus seinem Körper ragte ein abgebrochener Pfeil, an dem ein Zettel mit Schriftzeichen befestigt war. Da ich nicht lesen konnte, hatte ich keine Ahnung, was darauf geschrieben stand.
Entsetzt sank ich auf die Knie und bekreuzigte mich. Vielleicht lauerten ganz in der Nähe Verbrecher. Dann überlegte ich, er könnte ein Dieb gewesen sein, der sein rechtmäßiges Ende gefunden hatte. Ich versuchte mir vorzustellen, was er verbrochen haben konnte, dass er so ein Schicksal verdient hatte. Dann fiel mir mit Grauen ein, dass Gott mir diesen Mann als Warnung geschickt haben könnte. Und mein nächster Gedanke war, dass ich bereits gestorben war und vor mir das Tor zur Hölle erblickte.
Wie lange ich den Leichnam anstarrte, weiß ich nicht. Wie

ein klebriges Totenhemd schien der Nebel sich um mich zu schlingen und mich hinabzuziehen.
Jedoch – gepriesen sei Jesus, mein Retter – mein Herz verstand die Botschaft und ich erkannte, wie sehr ich wünschte, am Leben zu bleiben.
Ich kann nicht erklären, wie ich zu dieser Einsicht kam, außer dass ich das Schicksal des geschundenen Mannes, der dort vor mir baumelte und von den Vögeln gefressen wurde, nicht teilen wollte.
Ich wusste von den wundersamen Werken unseres Herrn und dachte, in seiner schrecklichen Güte wollte er mir mit diesem grausigen Anblick vielleicht ein Zeichen geben. Denn von diesem Augenblick an wusste ich, dass ich weiterleben musste.
Doch welchen Weg sollte ich einschlagen? Norden, Süden, Osten oder Westen?
»Lieber Gott«, rief ich und heiße Tränen liefen mir über die Wangen, »bitte weise mir einen Weg.«
Schließlich folgte ich der verhangenen Sonne, die aus dem grauen Himmel auf mich herabblickte wie das leere, einzelne Auge des Toten.

15

Ich wanderte den ganzen Tag ohne anzuhalten. Der Nebel stieg und die Luft wurde milder. Noch immer sah ich keine Menschenseele, nicht einmal von weitem. Von Zeit zu Zeit stieß ich auf ein Bächlein, wo ich meinen Durst stillen konnte, zu essen aber fand ich nichts. Manchmal führte mich der Weg durch den Wald, häufiger jedoch kam ich an verlassenen Feldern vorbei. Ich sah und hörte viele Vögel – Ringeltauben, Kuckucke, Drosseln – und ich fragte mich, ob es in England denn keine Menschen gäbe und ob ich denn nirgends etwas zu essen finden würde.

Immer wieder rief ich mir die Zeiten ins Gedächtnis, in denen meine Mutter und ich ohne Nahrung ausgekommen waren. Wenn wir damals überlebt hatten, würde ich auch jetzt überleben.

Am Nachmittag des folgenden Tages, ich ging immer noch nach Osten und hatte gerade eine Anhöhe erklommen, sah ich in der Senke vor mir eine Ansiedlung, die aus ein paar Hütten und einem größeren Gebäude, einer steinernen

Kirche, bestand. Auf den ersten Blick kam mir das Dorf kleiner vor als mein Stromford.
Mein Herz begann zu rasen. Vielleicht war dies der Ort, wohin Gott mich führen wollte, wo ich meine Freiheit erlangen und die Menschen mich freundlich behandeln würden. Und wo es etwas zu essen geben würde.
Aber als ich näher kam, fiel mir auf, dass etwas fehlte. Es gab keinen Rauch, keine Menschen, keine Schafe, keine Kühe. Keine lebende Seele ließ sich blicken, nicht einmal ein Hahn, eine Gans, ein Hund oder ein Schwein. Auch Gerüche wie Jauche oder Mist gab es nicht und die Felder, an denen ich vorbeikam, waren schon seit langem nicht mehr gepflügt worden.
Als ich weiter in das Dorf hineinging, sah ich, dass alles in Trümmern lag. Die Dächer waren eingefallen, die Mauern zusammengestürzt, Karren und Räder zerbrochen, der Boden von Arbeitsgeräten übersät. Die wenigen Strohdächer, die noch vorhanden waren, waren zerfetzt und voller Löcher. Aus zerfallenen Lehmwänden ragte Flechtwerk, niemand hatte sie ausgebessert. In der Mitte des Dörfchens stieß ich auf eine Brunnen, dessen Wasser von schmutzigem Schaum bedeckt war.
Mir schauderte vor Entsetzen. Etwas Furchtbares musste geschehen sein und ich erinnerte mich meines Albtraums, in dem ich das Tor der Hölle passiert hatte.
Nach und nach begriff ich jedoch, dass ich hier auf die Überreste eines vor Jahren von der Großen Pest zerstörten Dorfes gestoßen war.
In Stromford war viel von dieser räuberischen Plage ge-

sprochen worden, das »Große Sterben« wurde sie genannt. Unser Dorf hatte über die Hälfte seiner Bewohner verloren, einige durch den Tod, andere durch verzweifelte Flucht. Mein eigener Vater war ihr erlegen.
Der Grund für die Krankheit war allen bekannt: Gott hatte sie uns als Strafe für unsere Sünden geschickt. Den Menschen blieb nur zu beten und wegzulaufen – aber auch das war kein Ausweg. Wie Vater Quinel immer gemahnt hatte, Gott allein bestimmt, wem er seine süße Gnade und seinen unerbittlichen Zorn zuteil werden lässt. Niemand kann ihm entkommen.
In diesem Dorf schien keine Seele überlebt zu haben. Die tiefe Stille, die über allem lag, war wie ein trauriges, einsames Totengebet.
Trotzdem schlich ich, vom Hunger getrieben, vorsichtig durch die Trümmer, in der Hoffnung, wenigstens einen Bissen zu essen zu finden, und voller Furcht, die Geister der Toten zu wecken. Um mich zu schützen hielt ich krampfhaft das bleierne Kreuz in der Hand.
Auf der Suche nach Nahrung betrat ich auch eine der besser erhaltenen Hütten, deren Dach noch zur Hälfte vorhanden war und deren Wände zum Teil noch standen. In einer verfallenen Ecke des sonst leeren Raums saß ein Skelett aus braunen Knochen. Alte Kleiderfetzen lagen über dem Gerippe und von dem knochigen Schädel hing einstmals blondes Haar. Die fleischlosen Hände umklammerten ein winziges Kreuz.
Ich schlug das Kreuzeszeichen über meiner hämmernden Brust, stolperte zurück und rannte fluchtartig durch das Dorf.

Als ich aber an der zerfallenen Kirche vorbeikam, hörte ich eine einsame Stimme singen:

»Oh, lieber Gott, wie kann es sein,
alles vergeht und fällt Dir anheim?«

16

Überrascht blieb ich stehen. Dann überfiel mich die Angst. Nach allem, was ich in dem Dorf gesehen hatte, konnte ich nicht glauben, eine *lebendige* Stimme zu hören. Aber als die Stimme wieder erklang – sie kam eindeutig aus der verlassenen Kirche –, sagte ich mir, eine Kirche würde wohl kaum böse Geister beherbergen. Außerdem war ich so vom Gedanken an Nahrung beherrscht, dass ich verzweifelt hoffte, einen Überlebenden gefunden zu haben.

Das Bleikreuz in der Hand schlich ich mich um die Kirche, wobei ich versuchte, kein Geräusch zu machen. Wo ehemals Fenster waren, klafften nun leeren Löcher. Als ich näher schlich, hörte ich die Stimme wieder. Diesmal wurde sie von einem Schlagen begleitet, das wie eine Trommel klang.

»Oh, lieber Gott, wie kann es sein,
alles vergeht und fällt Dir anheim?«

Vorsichtig spähte ich hinein.
Zuerst sah ich nur einen Haufen Steine. Dann, halb verborgen in der Dunkelheit, entdeckte ich einen Mann, der ganz und gar nicht einem Skelett glich. Im Gegenteil, er war ein Berg aus Fleisch, ein Fass von einem Mann, mit Armen und Beinen dick wie Baumstämme und einem Bauch wie eine Tonne. Er saß mit ausgestreckten Beinen an ein zerfallenes Taufbecken gelehnt. Und er war in einer Art gekleidet, die ich nie zuvor gesehen hatte. Auf seinem Kopf saß eine Kappe mit zwei Zipfeln wie ein Hahnenkamm, an deren Spitzen Glöckchen hingen. Zu beiden Seiten seines Gesichts fielen Ohrenklappen herab, die unter dem Kinn zusammengebunden waren, was seinen Wangen ein plumpes Aussehen verlieh.
Das Auffallendste an seinem Gesicht war der buschige Bart, der von einem so feurigen Rot war, dass es aussah, als stünde der untere Teil seines Gesichtes in Flammen. Seine fleischige Nase war groß und ebenfalls rot und seine buschigen Augenbrauen waren von derselben Farbe. Sein kirschfarbener Mund war selbst für dieses Gesicht riesig.
Er trug einen schwarzen Umhang mit weiten Ärmeln und knöchellange Hosen, deren eines Bein blau, das andere rot war, obgleich die Farben verblichen waren. Seine braunen langen Lederstiefel hatten leicht hochgestellte Spitzen. Seine Kleidung war trotz der ungewöhnlichen Farben zerlumpt und zerrissen, und obwohl sie an vielen Stellen geflickt war, konnte man da und dort seine schmutzige, behaarte Haut sehen.
An seiner Hüfte war ein Dolch befestigt und neben ihm auf

dem Boden lag ein dicker Sack, der, so betete ich, Nahrung enthielt.

Seine Augen waren geschlossen, aber er schlief nicht, sondern sang mit heiserer Stimme und schlug mit seinen riesigen Händen auf eine kleine Trommel. Ich sah ihm zu, wie er weiter mit seinen fetten Fingern die Trommel bearbeitete und sein Lied hervorstieß. Nachdem er die Worte mehrmals wiederholt hatte, brach er in grölendes Gelächter aus, als hätte er gerade einen guten Witz gehört. Er lachte so laut, dass er die Trommel fahren ließ und die Augen aufschlug.

Diese waren im Vergleich zum übrigen Körper klein und feucht. Alte Schweinsäuglein, dachte ich, schlau und verschlagen. Was er aber erblickte, war wohl ich, der ihn anstarrte, denn er ließ die Trommel fallen und griff nach seinem Dolch.

Schweigend sahen wir uns an.

»Guten Morgen, Bursche«, schrie er, wobei er die Waffe zog. »Gott möge dich behüten.«

»Gott behüte Euch auch, Herr«, brachte ich, von der riesenhaften Gestalt eingeschüchtert, hervor.

»Und woher kommst du, beim heiligen Sixtus?«, fragte er. »Doch nicht aus diesem gottverlassenen Dorf?«

Ich schüttelte den Kopf.

»Also, woher dann?«

»Von ... weit weg«, antwortete ich ausweichend.

»Ost oder West?«

Ich deutete in die Richtung, aus der ich gekommen war.

Er musterte mich mit schrägem Kopf und kratzte sich am

Bart, während ein hämisches Lächeln über seine Lippen zog. »Du hast eine beredte Art zu sprechen, was?«, sagte er. »Was ist der Zweck deiner Reise?«

»Ich ... ich reise zu meinem Vater«, sagte ich, eine Antwort, die ich mir für solche Fälle ausgedacht hatte.

»Und, verrate mir, lebt dieser Vater von dir hier in der Nähe?«

»In ... in einer großen Stadt.«

Er betrachtete mich eine Weile aus seinen schlauen, feuchten Äuglein. »Wenn ich dich richtig verstehe, Bursche«, sagte er schließlich, »weißt du nur ungefähr, woher du kommst, und bist auf dem Weg nach Irgendwo.«

»So wahr mir Gott helfe, Herr.«

»Weißt du eigentlich, wie du aussiehst?«

»Nein, Herr.«

»Dein Kleid besteht zu gleichen Teilen aus Dreck, Lumpen und Löchern. Dein Gesicht ist zerkratzt und fleckig, ebenso deine nackten Arme und Beine. Dein Haar ist lang und ungekämmt. Deine Finger sind unter dem Schmutz kaum noch zu zählen. Kurz, du bist eher ein Schwein als ein Mensch. Wie alt bist du? Und, gnade dir Gott, antworte etwas genauer.«

»Ungefähr dreizehn.«

»Ungefähr«, erwiderte er mit einem Grinsen und kratzte sich wieder den Bart.

Ich schwieg und überlegte, ob ich wegrennen sollte. Da ich aber immer noch hoffte, ein Mann dieses Aussehens müsste etwas zu essen haben, blieb ich.

Er musterte mich weiter aus seinen scharfen, kleinen Augen. »Hast du etwa Hunger?«, fragte er, als könnte er meine Gedanken lesen.

Mir lief das Wasser im Mund zusammen. »Ja, Herr, so Gott will und es Euch gefällt.«

»Hunger gefällt mir nie«, brüllte er. »Auch wenn unser großer Tattergreis von König es gut mit uns meint, seine Untertanen leiden Hunger. Und warum? Weil die Diener dieses heiligen Königreiches alle korrupt und unersättlich sind. Seine Ratsherren und Volksvertreter, ausstaffiert mit Samt, diesem neumodischen italienischen Tuch, sitzen auf dem Rücken der Armen und fressen ihnen das feine Wild und die Bonbons vom Teller weg. Ganz zu schweigen von den Flamen, die unser Gold erbeuten. Aber das ist der Wille unserer gnädigen Majestät, arme Seelen wie du und ich kommen in seinen Berechnungen nicht vor. Sein Motto ist: Es ist, wie es ist. Mein Motto ist: Es soll sein, wie es sein könnte! – Was hältst du von dieser Ansprache?«, fragte er und zuckte mit dem Kopf, als erwarte er wirklich eine Antwort von mir.

»Ich ... ich habe sie nicht verstanden«, sagte ich.

»Überhaupt nicht?«, fragte er enttäuscht.

»Es klang wie ... Verrat«, sagte ich und bereute sogleich meine Worte.

Und wirklich, sein Gesicht verfinsterte sich vor Zorn. »Tatsächlich?«, brüllte er so laut, dass ich zusammenzuckte. »Soll es. Ich hasse die Tyrannei. Ist das etwa Verrat?«

Ich wagte nicht zu sprechen.

Dann, wieder etwas freundlicher, sagte er: »Nun, bei allen Heiligen und Märtyrern, wen schert es, was ich denke? Komm her, du sollst etwas Brot haben.«

Mein Hunger war stärker als meine Vernunft. Ich verstaute mein Kreuz im Beutel und eilte zum richtigen Eingang der Kirche. Dann näherte ich mich dem Mann und als ich sah, dass er den Sack neben sich geöffnet hatte, beschleunigte ich meine Schritte. Der Begeisterung nahe sah ich ihn ein großes, graues Stück Brot hervorziehen und mir hinhalten.
Ich streckte die Hand danach aus.
In diesem Moment schoss seine andere Hand mit einer Schnelligkeit hervor, die seine Leibesfülle Lügen strafte. Er packte mich am Handgelenk und hielt mich mit eiserner Kraft fest.

17

»Lasst mich los«, schrie ich und versuchte mich loszureißen. »Ich wollte doch nur das Brot.«

»Brot gibt es niemals umsonst«, grölte er. Er saß immer noch am Boden, aber seine Arme waren lang und seine Pranke hielt mich fest und von der Anstrengung bimmelten die Glöckchen an seiner Kappe. »Oder ist das etwa auch Verrat?«

So sehr ich versuchte, mich aus seinem Griff zu befreien, ich konnte seine Finger nicht lösen.

»Und ich vermute, du bist von deinem rechtmäßigen Herrn weggelaufen«, fuhr er fort. »Raus mit der Sprache, oder, beim heiligen Gregor, so wahr ich meine Trommel schlage, schlage ich die Wahrheit aus dir heraus.«

»Bitte, Herr, lasst mich los«, weinte ich, denn er hielt mich so fest, dass es schmerzte.

»Bursche«, brüllte er, »ich will die Wahrheit hören, sonst kannst du etwas erleben.« Sein Griff wurde noch härter.

»Wie ich Euch gesagt habe, ich bin auf dem Weg in eine Stadt.«

»Warum?«
»Um mich zu retten.«
»Dich zu retten?« Er lachte. »Das schafft kein Mann allein. Geschweige denn ein Knabe. Wie kommst du auf so eine Idee?«
»So wurde mir … geraten.«
»Von wem?«
»Vater Quinel.«
»Ein Pfarrer«, bemerkte er spöttisch und fasste noch fester zu, »das hätte ich mir denken können. Und du hast ihm geglaubt?«
»Herr, Ihr tut mir weh.«
»Zum Teufel mit deinen Schmerzen. Warum bist du davongelaufen?«
»Ich musste.«
»Du musstest?«, sagte er und drückte so fest, dass ich meinte, mein Arm würde brechen.
»Man hat mich … für vogelfrei erklärt.«
»Für vogelfrei. Das ist allerdings ein starkes Stück. Warum?«
»Mein Herr beschuldigt mich des Diebstahls.«
»Welcher Herr?«
»Der Vogt. Ich hatte Angst getötet zu werden.«
»Und was hast du gestohlen?«
»Nichts.«
»Und trotzdem bist du weggerannt.«
»Um mein Leben zu retten, Herr.«
»Und hast nicht bedacht, dass jeder, der dich fängt, dich zurückbringen kann?«

»Bitte, Herr, Ihr bereitet mir Schmerzen.«
»Und was hat es mit diesem Vater auf sich?«
»Er ist tot.«
»Und deine Mutter?«
»Sie ist auch tot.«
Kaum hatte ich das gesagt, ließ er mich los, sprang aber im selben Augenblick auf, machte einen Schritt nach vorn und verstellte mir den Weg aus der zerfallenen Kirche. Mein Fluchtweg war abgeschnitten.

18

Groß stand er vor mir, er lachte höhnisch, dass die Glöckchen an seiner Kappe klingelten und sein buschiger Bart wie Höllenfeuer leuchtete. Er kam mir vor wie ein rechter Dämon.

»Nun hast du einen neuen Herrn«, erklärte er.

»Bitte, Herr«, flehte ich vor Angst zitternd und rieb mir das gequetschte Handgelenk, »ich verstehe Euch nicht.«

»Beim stinkenden Leib des Luzifers, Bursche, wer unrechtmäßig seinen Herrn verlassen hat, wird nach dem Gesetz Diener desjenigen freien Mannes, der ihn zuerst findet und sich zu seinem Herrn erklärt. Du hast deinen Herrn verlassen und ich habe dich gefunden, ein Geschenk Gottes. Von nun an wirst du *mir* dienen.«

»Bitte, Herr«, sagte ich unterwürfig, »ich will nicht.«

»Du hast keine Wahl. Entweder du tust, was ich dir befehle, oder ich bringe dich dorthin zurück, wo du hergekommen bist. Dein einstiges Herrenhaus werde ich schon finden und dann übergebe ich dich dem Vogt. Bestimmt wird er dir mit Freuden die Kehle durchschneiden.«

»Ich weiß nicht, von wo du gekommen bist«, fuhr er fort, »aber hast du zufällig diesen verwesten Mann am Galgen bei der Wegkreuzung gesehen?«

»Ja.«

»Und hast du den Zettel gelesen, der von seinen Verbrechen erzählt?«

»Ich kann nicht lesen, Herr.«

»Aber ich. Dieser Mann hat sich gegen seinen Herrn und Meister erhoben. Wie? Er hat ein Pfund Wolle zurückbehalten, das er verkaufen wollte, um sein krankes Kind zu füttern. Er hat sich des Diebstahls schuldig gemacht«, sagte der fette Mann und zeigte in Richtung Straße, »und dir wird es nicht anders ergehen.«

»Habt Erbarmen, großer Herr«, flehte ich und fiel entsetzt auf die Knie, denn er schien schreckliche Wahrheiten zu wissen.

»Erbarmen kann ich dir nicht gewähren«, rief er mit donnernder Stimme und beugte sich über mich, dass ich mir klein wie eine Maus vorkam, »doch schwöre in Jesu Namen, immer an meiner Seite zu bleiben, sonst wird dein Blut wie ein Wasserfall fließen. Und das verspreche ich dir, Gott sei mir gnädig, an diesem verfluchten Ort, den nur die Toten kennen. Schwöre«, schrie er und zog seinen Dolch.

Vor Angst bekam ich kaum Luft. Tränen strömten aus meinen Augen und schluchzend wiederholte ich: »Ich schwöre.«

»Im Namen unseres heiligen Jesu.«

»Im Namen ... unseres ... heiligen Jesu ...«

»Dass ich Euer Diener bin ...«

»Dass ich Euer Diener bin …«
»Dass, wenn ich meine Pflicht nicht erfülle …«
»Wenn ich meine Pflichten nicht …«
Die Worte blieben mir im Hals stecken. Es war schrecklich, was er mich zu schwören zwang. Solche Schwüre konnten niemals gebrochen werden.
»Sprich«, schrie er und fuchtelte mit dem Dolch.
In Todesangst sagte ich: »Wenn ich meine Pflicht nicht erfülle …«
»Soll Gott, der alles sieht, mich auf der Stelle töten.«
»Soll Gott, der alles sieht … mich auf der Stelle …«, flüsterte ich.
»Töten.«
»Töten.«
»Geschafft«, verkündete er. Dann steckte er seinen Dolch ein und warf mir ein Stück Brot zu. »Nun gehörst du mir, oder Gott wird dich verschlingen und wieder ausspucken wie ein Stück Dreck, du Vogelfreier.«

19

Ich fasste das Brot mit zitternden Händen und kroch in die hinterste Ecke der zerfallenen Kirche, möglichst weit fort von diesem Ungeheuer. Ich schlang sein Brot hinunter, wohl wissend, einen heiligen Schwur geleistet zu haben, der mich für immer an ihn band. Es wäre wohl besser gewesen, sagte ich mir, auf der Straße zu sterben.

Ich hörte, wie er sich bewegte, und warf einen ängstlichen Blick in seine Richtung. Er hatte sich wieder niedergelassen, allerdings so, dass ich nicht ausbrechen konnte. Und er starrte mich aus listigen, feuchten Äuglein an. Ich nahm allen Mut zusammen und starrte voller Hass zurück.

»Na, Bursche, was macht das schon?«, sagte er und seine Stimme klang viel weicher als zuvor. »Du hast doch nicht wirklich geglaubt, ohne einen Herrn leben zu können?«

Ich gab keine Antwort.

»Oder glaubst du etwa, dass es eines Tages keine Herren mehr geben wird?«

Unfähig, mein Leid in Worte zu fassen, verließ ich mich aufs Schweigen.

»Antworte!«, schrie er so laut, dass ich aufsprang. »Glaubst du, dass es eines Tages keine Herren mehr geben wird oder nicht?«

Ich schüttelte den Kopf.

»Warum nicht?«

»Gott …«, sagte ich und schluckte mein Elend hinunter, »Gott hat es nicht so gewollt.«

»Und doch«, sagte er, beugte sich nach vorn und stierte mich an, »als Adam grub und Eva spann, wo war da der Edelmann?«

Seine Frage war mir so fremd, dass ich weder antworten wollte noch konnte.

»Du magst meine Art von Humor nicht«, sagte er, »du findest sie *verräterisch.*«

Ich wollte ja sagen, aber ich hatte Angst.

»Sei nicht so widerspenstig«, sagte er, »wenn du erst einmal so lange gelebt hast wie ich, wirst du gelernt haben, keinem Sterblichen mehr zu trauen oder keinen mehr zu lieben. Dann kannst du dich nur noch selbst betrügen.«

Darauf wusste ich nichts zu erwidern.

»Kannst du nicht wenigstens einmal lächeln, Bursche?«, wollte er wissen. »Ohne Lachen ist das Leben wertlos. Verstehst du?«, schrie er. *»Wertlos!«*

Ich zuckte zusammen.

Dann lächelte er, legte seinen Kopf zur Seite und kraulte sich im Bart. Mit einem Streich riss er die Kappe vom Kopf und offenbarte einen kahlen Schädel. »Bei der Liebe des heiligen Königs Arnulf, es könnte dir Schlimmeres widerfahren, als an mich gebunden zu sein.«

Nach dieser Feststellung schien er sich wieder in sich selbst zurückzuziehen und seinen eigenen Gedanken nachzuhängen.
Ich beobachtete ihn argwöhnisch und fragte mich ängstlich, was als Nächstes kommen würde. Aber nach einer langen Pause sagte er nur: »Möchtest du mich etwas fragen? Wer ich bin? Wie ich heiße? Was ich hier tue?«
»Das … spielt keine Rolle«, stammelte ich.
»Warum?«
»Weil Ihr für immer mein Herr seid.«
»So sei es«, sagte er, als hätte ich ihn beleidigt.
Er spielte noch eine Weile mit seiner Kappe, einfach so, als sei er in Gedanken versunken. Schließlich aber beugte er sich vor und wühlte in seinem Sack. Er zog drei aus Leder genähte Bälle hervor.
Zu meiner Überraschung warf er diese in die Luft. Aber anstatt hinunterzufallen, blieben sie in der Luft und kreiselten nach seinem Willen, wobei er sie kaum berührte, nur leicht mit den Fingern antrieb.
Erstaunt sah ich ihm zu.
»Na, wie gefällt dir das?«, fragte er lachend.
»Sind sie … verzaubert?«, flüsterte ich.
»Das nicht«, sagte er und ließ die Bälle weiter in der Luft tanzen, einmal höher, dann wieder niedriger, bis er sie, jäh, wie er begonnen hatte, wieder einsammelte und in seinen großen, schaufelartigen Händen barg.
»Ich bin Jongleur«, sagte er, und als ich nicht antwortete, fuhr er fort: »Weißt du nicht, was das ist?«
Ich schüttelte den Kopf.

»Ein französisches Wort. Es bedeutet, ich balanciere mit allen möglichen Sachen, schmeiße Bälle, Schachteln, Messer in die Luft und fange sie wieder auf. Und was mache ich mit diesem Können? Ich wandere durch das ganze Königreich, von Stadt zu Stadt. Aber nicht als Bettler, sondern als Künstler. Mit meiner Kunst heimse ich genug Pennys ein, um zu leben und diesen Bauch zu füllen.« Bei diesen Worten tätschelte er seinen dicken Leib.

»Glaub mir, Bursche, es gibt keinen Ort im ganzen Königreich, wo ich nicht schon gewesen bin, Gascogne, Britannien und Schottland eingeschlossen. Wie gefällt dir *das*?«

Ich konnte all diese neuen, fremdartigen Gedanken, mit denen er mich überfiel, kaum begreifen und so antwortete ich nur: »Ich weiß nicht, Herr.«

Er stellte seinen Kopf schräg und fragte: »Hast du denn zu nichts eine Meinung?«

Ich senkte den Kopf und vermied seinen Blick.

Er seufzte. »Wie heißt du?«

Ich zögerte, weil ich von ihm nicht mit meinem alten Namen – Astas Sohn – angesprochen werden wollte. Aber mein neuer Name war mir noch ungewohnt.

Er beugte sich vor und starrte mich böse an. »Bursche, lass dir von deinem Herrn einen Rat geben. Ich bin ein einfacher Mann und habe einfache Regeln. Du tust, was ich dir sage, sonst wird es Folgen für dich haben. Und nun antworte, oder, beim lieben Gott im Himmel, du bekommst eine Tracht Prügel. Wie heißt du?«

»Ich werde … Astas Sohn genannt.«

»*Astas Sohn.* Das ist kein Name, das ist eine Beschreibung.

Bist du denn nicht auf einen eigenen Namen getauft worden?«
»Mir wurde gesagt ... er sei ... Crispin.«
»*Crispin.* Dieser Name ist viel zu vornehm für so ein Stück Dreck wie du. Hast du auch einen Nachnamen?«
»Ich ... ich weiß nicht.«
»Großer Gott. Du könntest genauso gut ein Hund sein«, sagte er.
Ich konnte kaum meine Wut unterdrücken.
»Also gut, Crispin – denn so werde ich dich in Zukunft nennen –, auch ich bin auf dem Weg in die großen Städte. Aber ich begebe mich an diese Orte nicht als nichtsnutziger Ausreißer, wie du einer bist. Ich verdiene mir dort mein Brot mit meiner Kunst, werfe Dinge in die Luft, wie ich dir gezeigt habe. Die Leute in der Stadt zahlen gutes Geld, wenn ich auf Plätzen, in Bürgerhäusern, Wirtshäusern und auch in Zunfthäusern meine Vorstellungen gebe. Kannst du Musik machen?«
»Musik?«
»Zum Teufel«, rief er, »hast du dein Leben unter einem Stein verbracht? Bist du als Schaf zur Welt gekommen? Kennst du keine Trommeln, Hörner und Dudelsäcke? Kannst du wenigstens singen?«
»Nein, Herr.«
»Bei den Wunden unseres Herrn«, sagte er, »Musik ist die Sprache der Seele. Gibt es denn gar nichts, was du kannst?«
»Ich kann mit dem Ochsen pflügen, säen, jäten, ernten, Weizen und Gerste dreschen.«
»Barmherziger Himmel. Und was wolltest du in dieser Stadt tun, in die du gehen wolltest? Die Straßen pflügen oder was?«

Ich konnte nicht länger an mich halten und rief: »Ich weiß nicht, was ich dort tun wollte. Ich wollte meine Freiheit erlangen. Und mit Gottes Hilfe wäre mir das auch gelungen, wärt Ihr nicht gewesen.«

Seine Augen weiteten sich. Dann warf er seinen Kopf zurück und brüllte vor Lachen, als hätte ich ihm den größten Witz erzählt. »Freiheit! Und auch noch mit Gottes Hilfe. Ein Wunder, dass du nicht auch noch den heiligen Crispin persönlich um Hilfe anrufst. Kein Wunder, dass du sterben willst. Der einzige Unterschied zwischen einem toten Narren und einem lebendigen ist, dass der tote ein tieferes Grab hat.«

Es war, als würden aller Hohn, alle Kränkungen, die ich jemals hatte erdulden müssen, aus ihm herausströmen. Am liebsten hätte ich mich in ein Erdloch verkrochen.

»So, so, edler Crispin«, fuhr er fort, »unser Herr im Himmel muss dich mir in seiner Weisheit gesandt haben, dass ich dich unterrichte. Zuerst lass dir gesagt sein: Auch wenn dir sämtliche Armeen des Königreichs zur Seite stehen würden, könntest du niemals allein die Freiheit erringen. Ein Knabe? Allein in einer Stadt? Ein Vogelfreier? Merk dir eins, eine Stadt würde dich verschlingen wie der Wal den Jonas. Aber ausspucken würde sie dich nicht, höchstens deine leere Seele ausrülpsen.«

Nach diesen Worten brach er in neuerliches lautes Gelächter aus. »Und jetzt lass uns sehen, ob du fähig bist, mir eine Frage zu stellen.«

Um irgendetwas zu sagen, fragte ich: »Wie … wie heißt Ihr, Herr?«

»Orson Hrothgar«, antwortete er. »Aber die Leute nennen

mich ›Bär‹. Wegen meines Aussehens. Und meiner Kraft. Merke dir, kleiner Sankt Crispin«, fügte er mit funkelnden Augen hinzu, »ein Bär hat zwei Naturen. Die eine ist lieb und freundlich. Wird er jedoch gereizt, verwandelt er sich in eine heimtückische Bestie. Ich bitte dich deshalb, beide Seiten meiner Natur zu beachten. Nächste Frage.«

»Wohin geht Ihr?«

»Zum Tod hin, wie alle Menschen.«

»Und ... zuvor?«, versuchte ich es aufs Neue.

In seinen Augen blitzte ein Lachen. »Aha, ein bisschen Verstand hast du doch. So wahr mir Gott helfe, bevor ich an mein Ende komme, liegt noch viel Arbeit vor mir. Große Aufgaben. Ein Lebenswerk.«

»Was ist das für eine Arbeit?«

Er wackelte mit dem Kopf und lachte. »Am Tag des heiligen Johannes des Täufers muss ich in Great Wexly einen Mann treffen. Wichtige Dinge bereiten sich vor, kleiner Crispin«, sagte er würdevoll. »Und ich beabsichtige, dabei nicht tatenlos zu bleiben. Komme es, wie es wolle, aber jetzt ist noch nicht die Zeit dafür. Bis dahin werden wir auf Wanderschaft gehen. Unsere Aufgabe ist es, am Leben zu bleiben und dieses große Königreich mit unseren Füßen, unseren Augen und unseren Ohren zu durchmessen.«

Mit diesen Worten stieß er den Sack zu mir hin. Nur zu deutlich zeigte sich seine Absicht. Obwohl er ein so riesiger Mann war, sollte ich sein Hab und Gut tragen.

Stumm beklagte ich mein Schicksal, hob den Sack auf meine Schulter und begann mein Leben im Dienst des Bären. Ich begann, darüber nachzusinnen, ob er wahnsinnig war.

20

Bald schon hatten wir das ausgestorbene Dorf hinter uns gelassen. Bär ging mit Riesenschritten vor mir her.

Was für ein merkwürdiger Anblick er doch war mit seinem schwarzen Mantel, seinen verschiedenfarbigen Beinen und seiner zweigeteilten Kappe mit den bimmelnden Glöckchen. Mit dem schweren Sack auf dem Rücken konnte ich kaum mit ihm Schritt halten.

Am Anfang wechselten wir kein Wort. Ich war sehr niedergeschlagen. Welch ein bitteres Los, dem einen grausamen Herrn zu entkommen, um in die Fänge eines anderen zu geraten. Eines Herrn, der behauptete, die Tyrannei zu hassen.

Mehr als einmal erwog ich, den Sack hinzuwerfen und fortzulaufen. Ich musste mich immer wieder ermahnen, dass ich einen heiligen Eid geleistet hatte, ihm zu dienen. Wenn ich ausrisse, würde ich direkt zur Hölle fahren. So blieb mir nichts anderes übrig, als weiterzugehen, wie es Gottes Wille war. Dann fiel mir ein, dass Vater Quinel Great Wexly als

einen jener Orte erwähnt hatte, wo ich meine Freiheit erlangen könnte. Vielleicht war das meine Chance. Ich betete still, dass es so sein möge.
Wir gingen den ganzen Tag, ohne einer Menschenseele zu begegnen oder ein Dorf zu sehen.
Einmal fragte ich: »Herr Bär, warum gibt es hier keine Menschen?«
»Beim heiligen Rochus, das ist wegen der Pest«, antwortete er und bestätigte damit meine Befürchtungen. »In dieser Gegend ist kaum ein Dorf verschont geblieben. Aber wenn wir weitergehen, wirst du jede Menge Menschen treffen. Und in den Städten …«
»Gibt es dort auch niemanden mehr, Herr?«, fragte ich voll Sorge, auch sie könnten verlassen sein.
Er lachte. »In London gibt es ungefähr dreißig- oder vierzigtausend Seelen.«
»Vierzigtausend?«, rief ich überrascht.
»Keine Sorge. Das ist mehr, als ein Einzelner zählen kann – mit Ausnahme der königlichen Steuereintreiber«, schimpfte er. »Und nenne mich nicht Herr.«
»Warum nicht?«
»Das klingt unterwürfig.«
»Aber Ihr seid mein Herr.«
Statt einer Antwort war nur ein Knurren zu hören.
Ich weiß nicht, wie lange wir so weitergingen, als Bär stehen blieb und sagte: »Hier machen wir Rast.«

21

Er steuerte auf eine Baumschonung zu, wo er sich niederließ und mir befahl dasselbe zu tun. Dann verlangte er nach seinem Sack, wühlte darin herum und holte ein neues Brot hervor, das er in zwei Hälften riss, von denen er mir eine gab.

Nachdem wir eine Weile geschwiegen hatten – ich brütete noch immer über meinem Unglück –, sagte er: »Ich glaube, du magst mich nicht.«

»Mir bleibt keine andere Wahl«, sagte ich.

»Hättest du denn gern eine Wahl?«

»Gottes Wille geschehe«, erwiderte ich.

Er zuckte mit den Achseln. »Du wirst mir kaum glauben, aber eigentlich sollte ich Pfarrer werden. In York. Das ist oben im Norden.«

Ich betrachtete ihn mit neuen Augen. Vater Quinel war der einzige Pfarrer, den ich je gesehen hatte. Dieser grobschlächtige Mann war so anders als er.

»Mein Vater war wohl meiner überdrüssig geworden«, fuhr Bär fort. »Er sagte, ich hätte nur Unsinn im Kopf und würde zu viel essen. In Wahrheit«, fügte er plötzlich verbittert hinzu, »hat er mich wohl nur der Kirche versprochen, um ein Gelübde zu erfüllen, das er im Tausch für ein einträgliches Geschäft abgelegt hatte. Aber ich frage dich, welcher Mann würde ein Kind für einen Sack Wolle eintauschen?«

Seine Frage brachte meine Gedanken auf meinen Vater. Ich versuchte mir vorzustellen, was für eine Art Mann er gewesen wäre, wäre er am Leben geblieben, und ob er mit mir genauso verfahren hätte.

»Ein ordentlicher Mann war das, mein Vater«, fuhr Bär fort. »Er zahlte das ganze Kostgeld, gab mir seinen hastigen Segen und ging fort. Ich habe ihn nie mehr wieder gesehen. Und so kam ich wohl oder übel zu den Benediktinern, um Mönch zu werden. Zwölf Jahre war ich alt – jünger als du jetzt bist – und schon im Talar. Ein Messdiener.«

»Und wurdet Ihr Mönch?«, fragte ich.

»Sieben Jahre blieb ich im Kloster. Ich lernte predigen, ich lernte schweigen, ich lernte lesen – Latein, Französisch und sogar Englisch. Und darauf kommt es an. Das bewahrt mich vor dem Galgen.«

»Warum?«, fragte ich und war gegen meinen Willen von seiner Geschichte gefesselt.

»So ist das Gesetz. Wenn du lesen kannst, wirst du wie ein Pfarrer behandelt. Nach dem Gesetz dürfen Pfarrer nicht gehängt werden. Es war kurz bevor ich mein Gelübde ablegte«, fuhr er fort, »als ich für meinen fetten, schmierigen Abt einen Botengang erledigen sollte und auf einem Platz in der Nähe des Yorker Münsters auf eine Schar Gaukler stieß. Ihre Musik, ihre Kunststücke und vor allem ihr Lachen zogen mich an.

Vielleicht hatte es der Teufel persönlich auf meine Seele abgesehen. Jedenfalls riss ich aus. So wie du«, schloss er lachend.

»Aber ... wie konntet Ihr Gott verlassen?«, sagte ich.

»Hatte nicht er mich zuerst verlassen?«

»Euer Vater, nicht Gott, hatte euch verlassen.«

Meine Worte schienen ihn zu überraschen, denn er verfiel in Schweigen. Und als er weitersprach, klang seine Stimme weniger herausfordernd. »Zehn Jahre lang zog ich mit diesen Leuten durchs Land. Sie wurden meine besten Freunde. Wir reisten durch das ganze Königreich. Und wir lebten kaum besser als die Bettler. Doch meine Kameraden lehrten mich bessere Sprachen: die Sprache der Lieder, der Hände und der Füße. Und vor allem die Sprache des Lachens.«

»Könnt Ihr denn noch gehängt werden?«

»Das wünschst du dir wohl«, lachte er. »Nein, nicht so lange ich lesen kann. Aber dann machte ich wieder etwas Neues. Ich wurde Soldat.«

»Und ließt Eure neuen Freunde im Stich?«

»Ich ließ sie nicht im Stich. Wir lösten uns auf. Allein der heilige Antonius weiß, wo sie alle blieben. Einige wanderten weiter. Andere verloren ihr Leben in Raufereien, im Gefängnis, bei Duellen oder durch Krankheit. Einige zogen es vor zu heiraten. Das Wanderleben – das Leben der Gaukler – ist zerbrechlich.« Er zuckte die Achseln. »Jedenfalls bin ich lieber allein.«

»Aber warum ...?«, setzte ich an.

»Warum was? Sprich zu Ende.«
»Warum braucht Ihr dann mich?«, fragte ich.
Statt einer Antwort griff er in seinen Sack und zog die Lederbälle wieder hervor. Wie zuvor ließ er sie rund herum kreisen, als flössen sie durch seine Hände.
»Hier«, sagte er und streckte mir die Bälle entgegen, »lass sehen, was du kannst.«
»Ich?«
»Natürlich du.«
»So etwas kann ich nicht.«
»Heiliger Crispin«, schimpfte er, »stell dich vor mich hin.«
Widerwillig nahm ich meinen Platz ein.
»Und nun pass auf«, sagte er. Er begann mit einem Ball und zeigte mir, wie man ihn von einer Hand in die andere werfen musste. Dann forderte er mich auf, es ihm gleichzutun.
Ich versuchte es, zuerst ungeschickt, aber dann, unter seinen ständigen Anweisungen, begann ich schließlich zu begreifen.
»Also! Und nun sieh her«, sagte Bär.
Er nahm den zweiten Ball und begann ihn im Wechsel mit dem ersten hin und her zu werfen. »Mach es nach«, befahl er.
Mit zwei Bällen zu werfen war viel schwieriger. Ich brachte es kaum fertig.
»Noch mal«, schrie er. »Und noch einmal.«
Wenn die Bälle zu Boden fielen, blieb er streng und bestand nur darauf, es wieder und wieder zu versuchen. Und schließlich fingen die Bälle an wie von selbst zu fliegen.

Er lehnte sich zurück und beobachtete mich mit seinen scharfen Augen, dann sagte er: »Genug. Wir müssen weiter. Du wirst noch mehr üben und immer noch einen Ball dazunehmen. Musik wirst du auch lernen. Und bei Gott, ich schwöre, du wirst gut werden.«
»Aber ... warum?«, fragte ich.
»Das wirst du schon sehen.«
Wir gingen weiter die lehmige Straße entlang und diesmal sang Bär mit lauter Stimme:

»Kuckuck, Kuckuck, ruft's aus dem Wald,
Lasset uns singen, tanzen und springen,
Frühling, Frühling, wird es nun bald.«

Dann nahm er eine Pfeife aus seinem Sack – eine Flöte, wie er sagte – und begann, darauf die gleiche Melodie zu spielen. Danach sang er das Lied von neuem.
»Singe«, befahl er.
»Ich kann nicht singen.«
»Crispin, wenn ich dir sage, du sollst singen, dann singst du.«
Zögernd machte ich einen Versuch.
»Lauter.«
Ich gehorchte und als wir weitergingen, war ich mehr denn je davon überzeugt, dass Bär wahnsinnig war.

22

Gegen Abend fand Bär unweit der Straße eine geschützte Stelle. Er befahl mir, mich an einen Baum zu stellen.

Ich zögerte.

»Tu, was ich dir sage.«

Als ich gehorchte, holte er einen Strick aus seinem Sack und begann zu meinem Entsetzen, meine Hände hinter dem Baum zu fesseln.

»Was macht Ihr da?«, schrie ich und sah mich in meiner Vermutung, einem Wahnsinnigen zu dienen, bestätigt.

»Ich muss uns etwas zu essen beschaffen«, sagte er und zog den Knoten fest. »Du würdest dabei nur stören. Und ich will nicht, dass du wegrennst.«

»Aber ich habe doch geschworen, dass ich bei Euch bleibe«, sagte ich. »Ich flehe Euch an, lasst mich mitkommen.«

»Ph«, spottete er, »Gott im Himmel weiß, dass Weizen und Vertrauen ihre Zeit zum Wachsen brauchen.«

Ohne ein weiteres Wort ging er fort und ließ mich allein. Immer wieder riss ich an dem Knoten, entschlossen, trotz meines Eids davonzulaufen. So sehr ich mich aber anstrengte, ich kam nicht los, nur meine Arme wurden immer tauber.

Ich weiß nicht, wie lange er fortblieb. Lang genug jedenfalls, dass ich mich noch elender fühlte als zuvor und heftige Flüche gegen ihn ausstieß. Ich schrie sogar um Hilfe, obgleich ich wusste, dass niemand kommen würde.

Als ich aber den Sack erblickte, den er zurückgelassen hatte, sagte ich mir, er müsse zurückkommen, wenn schon nicht wegen mir, so doch wegen des Sacks. Und wirklich, er kam und an seiner Hand baumelte ein großer, fetter Hase.

»Hier, heiliger Crispin«, sagte er im Näherkommen und grinste über sein rotbärtiges Gesicht, »jetzt siehst du, dass ich immer Wort halte, im Guten wie im Bösen.«

Er band mich los. Vom langen Stehen geschwächt, die Arme von der Fessel schmerzend, setzte ich mich sogleich hin.

»Kennst du die Strafe für Wilderei?«, fragte er, während er dem Hasen geschickt mit dem Messer das Fell abzog.

Ich war so wütend, dass ich lediglich den Kopf schüttelte.

»Ich habe unser beider Leben aufs Spiel gesetzt, um Nahrung zu beschaffen«, sagte er. »Das ist die Freiheit, die in diesem Königreich herrscht.«

Mit Flint, Feuerstahl und Zunder entfachte er ein Feuer und befahl mir, kleine Holzstücke nachzulegen. Dann nahm der den Hasen, spießte ihn auf und schon bald brutzelte dieser über dem Feuer.

»Magst du Fleisch?«, fragte er, als er mich mit offenem Mund dasitzen sah.

»Ich habe es erst ein paar Mal gegessen«, gestand ich.

»Ein paar Mal.« Er lachte unbändig. »Ach, Crispin, gesegnet seien die Heiligen, die dich zu mir geführt haben. Ich für meinen Teil liebe Fleisch.«

Als er den Braten für fertig erklärte, riss er ihn entzwei und gab mir ein Stück. Ich schob mir das Fleisch mit beiden Händen in den Mund und musste mir gestehen, dass ich nie etwas Besseres gegessen hatte. Meine Entschlossenheit zu fliehen schwand – zumindest ein wenig.

Später, als wir uns satt gegessen hatten – mehr Fleisch, als ich in meinem ganzen Leben auf einmal gegessen hatte – und das Feuer fast niedergebrannt war, befahl mir Bär, mich ihm gegenüber zu legen, da er mit mir sprechen wolle. Welche Verrücktheit will er mir nun offenbaren, fragte ich mich.

Es war dunkel geworden, nur unser kleines Feuer spendete ein wenig Licht. Ein schwacher Wind war aufgekommen und spielte mit den Flammen. Bärs roter Bart glitzerte im Schein des Feuers. Sein Gesicht glänzte trotz der Dunkelheit wie eine Sonne und sein kahler Schädel leuchtete wie der Mond. Ja, seine riesige Gestalt schien den ganzen Himmel auszufüllen.

Dann erzählte er mir von seinen vielen Abenteuern, seinem wilden Leben, den Wundern, die er gesehen, den Kämpfen, denen er entkommen, dem Glück und dem Pech, welche ihm widerfahren waren. Nie zuvor hatte ich solche Geschichten gehört. Sie zeigten mir eine Welt, eine Lebensweise, die mir völlig unbekannt waren. Seine Erzählung wurde außerdem von einem ständigen Lachen begleitet, als

sei das Leben selbst ein einziger Scherz. Nur dann und wann schrie er voll schrecklichem Zorn über die, wie er es nannte, Ungerechtigkeiten in der Welt.
Dann sprach er von seiner Soldatenzeit, als er an der Seite des Schwarzen Prinzen in der Gascogne und Britannien gekämpft hatte.
»Unser Herr kämpft schon seit langem in Frankreich, ich habe ihn noch nie zu Gesicht bekommen«, sagte ich.
»Wie heißt er denn?«
»Lord Furnival.«
»Furnival«, erwiderte Bär. »Dann wirst du dich freuen, wenn ich dir verrate, dass sich in Great Wexly, unserem nächsten Ziel, sein Hauptsitz befindet.«
»Was für ein Mensch ist er?«, fragte ich.
Bär zuckte die Achseln. »Ich kenne ihn mehr als genug. Er besitzt viel Land. Und er ist überheblich. Seine mangelnde Fertigkeit im Kampf gleicht er mit Prahlen, Saufen und Morden aus. In dieser Reihenfolge.«
»Aber er ist ein Edelmann.«
Bär schnaubte. »Meinst du, das macht ihn unfehlbar? Bei den ewigen Gebeinen unseres Herrn Jesus, Crispin, im Krieg zeigt sich der wahre Christ. Dein Lord Furnival jedenfalls hat nicht gerade dazu beigetragen, den Glauben zu stärken. Keine Plünderung, keine Grausamkeit hat er ausgelassen und immer ein scharfes Auge auf Lösegeld gehabt. Und wenn ein Gefangener nichts herausrückte …«, Bär winkte abfällig mit der Hand, »verloren. Was seine Zuneigung zu Frauen anbetrifft … dazu will ich nichts sagen. Aber du kannst mir glauben und Jesus ist mein

Zeuge, dein Lord Furnival wird sich für vieles verantworten müssen.«

»Sein Vogt ist auch grausam«, sagte ich.

»Dann passen die beiden ja zusammen. In welchem Dorf herrscht er denn?«

»In Stromford«, sagte ich unbedacht.

Er fiel in Schweigen und ich dachte darüber nach, was er über Lord Furnival erzählt hatte. Vielleicht hatte ich einen Fehler begangen, als ich ihm meine Verbindung zu Lord Furnival und mein Heimatdorf offenbarte, dachte ich mit Unbehagen. Gefährlich wäre es, falls Bär wirklich wahnsinnig war und wir dorthin gingen. Und doch ... er schien so viel zu wissen, viel mehr als jeder, den ich kannte. Ich fragte mich, wie er von mir denken würde, wenn er mehr über mich erführe.

Das Feuer ging zu Ende, der Wind wehte, ein Vogel pfiff in die Dunkelheit und mein Unbehagen begann sich gerade zu verflüchtigen, als Bär sagte: »Nun, Crispin, ist es an der Zeit, dass ich die Wahrheit über dich erfahre.«

23

Ich wusste kaum, was ich sagen sollte, doch empfand ich den Wunsch, ihm von mir und den Ereignissen der vergangenen Tage zu erzählen. Aber das erschien mir nicht passend, denn er war mein Herr und ich sein Diener. Wir waren keine Gleichen.

Noch bevor ich weiter darüber nachdenken konnte, fragte er: »Wann ist deine Mutter gestorben?«

»Vor … kurzem«, antwortete ich.

»Möge die heilige Margarete ihr im Himmel beistehen«, sagte er und bekreuzigte sich. »Was für eine Frau war sie?«

Noch nie hatte mich jemand nach meiner Mutter gefragt und ich wusste nicht wo beginnen. Allein der Gedanke an sie tat mir im Herzen weh. »Sie wurde von den anderen Dorfbewohnern gemieden«, sagte ich. »Sie hat auch nicht viel gesprochen, und wenn, klang es verbittert.«

»Warum?«

»Ich weiß nicht. Manchmal dachte ich, weil sie so schwach und zerbrechlich war. Der Vogt, der Amtmann und der Büttel haben ihr immer besonders schwere Arbeiten zugeteilt und sie musste oft allein arbeiten. Doch obwohl sie sich anstrengte, so sehr sie konnte, erntete sie kaum einen Dank.«

Zu meiner Überraschung erleichterte mich das Sprechen. Es war ganz ungewohnt für mich, dass mir jemand zuhörte.

Ich fuhr fort: »Manchmal umarmte sie mich. Manchmal schien sie mich … abstoßend zu finden. Ich dachte oft, ich sei der Grund für ihr Elend.«

»Und dein Vater?«

»Er starb vor meiner Geburt. An der Pest.«

»Keine anderen Verwandten?«

»Nein.«

Seine Augen verengten sich. »Wie ist das möglich?«

Ich zuckte die Achseln. »Meine Mutter erzählte, sie seien ebenfalls am Schwarzen Tod gestorben.«

»Eine gängige Geschichte. Ich konnte ihm entfliehen.«

»Wie das?«

»Indem ich nach Norden rannte, so weit ich konnte, bis zu den wilden Inseln vor Schottlands Küste. Hatte deine Mutter keinen Nachnamen?«

»Ich weiß es nicht.«

»Möchtest du das nicht alles einmal in Erfahrung bringen? Wie du heißt, wer deine Mutter, wer dein Vater war?«

»Doch«, sagte ich, »aber ich weiß nicht, wie.«

Er schwieg eine Zeit lang, als dächte er darüber nach, was ich gesagt hatte. Dann sagte er: »Und nun, Crispin, erzähle mir, wie es dazu kam, dass du für vogelfrei erklärt wurdest.«

24

Das Reden fiel mir nun so leicht, dass ich ihm, so gut ich konnte, einfach erzählte, was geschehen war.

Als ich geendet hatte, fragte er: »Und *deshalb* haben sie dich für vogelfrei erklärt?«

Ich nickte.

»Wenn du vogelfrei bist, giltst du nicht mehr als Mensch. Jeder darf dich töten.« Er grinste. »Auch ich. Aber«, fuhr er ernst fort, »dein Pfarrer riet dir zur Flucht.«

»Ja.«

»Und er hatte Recht, denn dein Vogt versuchte tatsächlich, dich zu töten.«

Nach kurzem Schweigen sagte ich: »Und Vater Quinel haben sie auch getötet.«

Bär richtete sich abrupt auf. »Den Pfarrer getötet?«, rief er. »Im Namen unseres Heilands, warum haben sie das getan?«

»Ich weiß nicht. Aber als er mir befahl zu fliehen, versprach er mir auch, mir vor meiner Flucht etwas Wichtiges mitzuteilen. Aber dann wurde er ermordet.«

»Hast du eine Ahnung, was er dir sagen wollte?«
»Etwas über meinen Vater. Und über meine Mutter. Deshalb glaube ich, ich bin Schuld an seinem Tod und Gott wollte mich strafen.«
»Indem er seinen Diener ermordete? Mir ist aufgefallen«, sagte der große Mann mit bitterem Spott, »dass je weniger ein Mann – oder ein Knabe – von der Welt weiß, je eher meint er, im Mittelpunkt dieser Welt zu stehen.«
Ich ließ den Kopf hängen.
»Crispin«, sagte er nach einem Moment des Schweigens, »ich möchte dir einen Rat geben. Du bist voll von Traurigkeit. Menschen, die Kummer verbreiten, werden gemieden. Und weißt du, warum?«
Ich schüttelte den Kopf.
»Weil Kummer das tägliche Brot des Menschen ist. Wer möchte noch mehr davon abhaben? Witz und Lachen aber, Crispin, davon bekommt man nie genug. Wenn ich an die Vollkommenheit unseres Heilands denke, denke ich vor allem an sein vollkommenes Lachen. Es hätte auch uns zum Lachen gebracht. Denn Frohsinn öffnet die Herzen. Vergiss deine Sorgen und du wirst deine Freiheit erlangen.«
Ich dachte daran, dass auch Vater Quinel das Wort »Freiheit« gebraucht hatte.
Nach einiger Zeit sagte ich: »Aber Ihr habt mir keine andere Wahl gelassen, ich muss bei Euch bleiben.«
Seine Augen blitzten zornig auf und ich bereute schon, was ich gesagt hatte. Doch dann lachte er wie so oft. »Crispin, weißt du, warum meine Kappe in zwei Hälften geteilt ist?«
»Nein.«

»Ich trage meine Berufstracht, wie alle Menschen, die ein Handwerk beherrschen. Für mich sollen die beiden Teile der Welt zeigen, dass in meiner Brust nicht nur eine schlichte Seele wohnt, sondern dass es Gut *und* Böse darin gibt.«

Und ich bin nur böse, dachte ich bei mir und wünschte einmal mehr zu wissen, welche Sünde in mir wohnte, dass Gott mich seine Hand so hart spüren ließ.

»Crispin«, sagte Bär, »ein weiser Mann – auch er ein Narr – sagte mir einmal, ein Leben voller Antworten sei eine Art von Tod. Nur Fragen hielten einen Menschen am Leben. Was hältst du davon?«

»Ich weiß nicht«, antwortete ich.

»Denk darüber nach. Denn bald werden wir diese trostlose Gegend verlassen und, so Gott will, auf viele bewohnte Dörfer treffen. Kleine Dörfer, aber wenn wir unsere Arbeit gut machen, können wir überleben, wir beide. Willst du mitkommen? Ich gebe dir die Freiheit der Wahl.«

»Ihr seid mein Herr«, sagte ich, »ich habe keine Wahl.«

»Crispin«, bellte er, »entscheide dich.«

Ich schüttelte den Kopf. »Nicht ich kann darüber entscheiden.«

»Wäre es nicht besser, jeder wäre sein eigener Herr?«, fragte er.

»Ihr habt mich gezwungen, Euch als Herrn anzuerkennen.«

Sein Gesicht rötete sich mehr als sonst. »Du halsstarriger Narr«, schrie er. Sichtlich enttäuscht stocherte er in der Glut. »Du kommst mit.«

»Wie Ihr befehlt.«

Er runzelte die Stirn, erwiderte jedoch nur: »Bevor wir dort hinkommen, musst du noch manches lernen.«
»Was?«
»Das hat Zeit bis morgen. Schlaf jetzt.« Ohne weitere Umstände legte er sich hin.
Ich nahm das Kreuz aus Blei aus meinem Brustbeutel und kniete zum Gebet nieder.
»Was machst du?«, hörte ich ihn fragen.
Ich drehte mich um und sagte: »Beten.«
»Was hältst du da in deiner Hand?«
»Ein Kreuz aus Blei. Es gehörte meiner Mutter«, antwortete ich und streckte es ihm hin, damit er es sehen konnte. »Es ist sogar etwas darauf geschrieben.«
»Geschrieben oder nicht, es ist nutzlos«, sagte er und schob meine Hand weg. »Es ist nur ein billiges Ding.«
»Wie meint Ihr das?«, rief ich und fürchtete, er könnte wieder in seinen Wahnsinn verfallen.
»All diese Dinge … dein Kreuz, deine Gebete. Wenn Gott wirklich bei uns ist – und das ist er bestimmt immer –, braucht es keine besonderen Worte oder Gegenstände, um ihn anzusprechen.«
»Aber dieses Kreuz …«, setzte ich an.
Er schnitt mir das Wort ab. »Ich weiß, was das ist. Es ist aus Blei. Solche wurden während der Pest in ungezählter Menge gefertigt. Keines wurde je gesegnet. Man drückte sie den Sterbenden als trügerischen Trost in die Hand. Sie sind ebenso wenig etwas Besonderes wie die Blätter am Baum und ebenso wenig geweiht. Crispin, Jesus sei mein Zeuge, die Kirchen, die Pfaffen – das alles brauchen wir nicht. Das

einzige Kreuz, das du wirklich brauchst, ist das Kreuz, das du in deinem Herzen trägst.«
Mir fehlten die Worte, so bestürzt war ich.
»Aber«, fügte er mit Zorn in der Stimme hinzu, »wenn du so etwas in der Öffentlichkeit sagen würdest, weißt du, was dann mit dir geschähe?«
»Nein.«
»Du würdest bei lebendigem Leib verbrannt werden. Also sprich diese Worte niemals aus. Und wenn du behauptest, ich hätte so etwas gesagt, bezichtige ich dich der Lüge und der Ketzerei.
Also, steck dein Kreuz weg. Ich möchte es nicht mehr sehen. Behalte deinen Glauben für dich.«
Obgleich ich von seinen Worten verstört war, drehte ich mich um, behielt mein Kreuz in der Hand und sprach meine Gebete.
Ich betete zum heiligen Ägidius, er möge sich meines Vaters annehmen, den ich nie kennen gelernt hatte, meiner Mutter, die ich so schmerzlich vermisste, und schließlich auch meiner selbst. Ich versprach ihm auch, die Dinge, die Bär gesagt hatte, nicht zu glauben.
Bär musste mich gehört haben, doch er unterbrach mich nicht. Als ich fertig war, sagte ich: »Bär, es tut mir Leid, dass ich so wenig weiß.«
»Manchmal ist es besser nicht zu wissen.«
»Wieso?«
»Ach, Crispin, wenn ich eins gelernt habe, dann das: Der, der von allem ein bisschen weiß, weiß nichts. Doch der, der von einer kleinen Sache viel weiß, weiß beinahe alles.«

Mehr sagte er nicht. Bald war er eingeschlafen und grunzte im Schlaf wie ein Schwein.
Das Feuer war zu einem schwelenden Haufen zusammengesunken und da die Nacht kalt war, rückte ich näher heran. Ich versuchte zu verstehen, was Bär gesagt hatte. Ich war verwirrt. Erst hatte er gesagt, es sei besser, mit Fragen zu leben. Dann hatte er gesagt, es sei falsch, alles zu wissen. Diese zwei Aussagen brachte ich einfach nicht zusammen.
Ich wusste nur, dass er anders war als alle Menschen, die ich jemals getroffen hatte. Sicher, er hatte etwas Wahnsinniges an sich. Jedoch konnte ich nicht leugnen, dass auch etwas Freundliches an ihm war …
Was mich aber am meisten beunruhigte, war seine Behauptung, jeder solle sein eigener Herr sein. Denn eins wusste ich mit Sicherheit: Jeder Mensch war einem anderen untertan. Und Gott wies uns allen unseren Platz zu. Den Lords oblag es zu herrschen und zu kämpfen, den Geistlichen zu predigen. Und die Übrigen – wie ich – waren auf der Welt, um zu arbeiten und unseren Herren und Gott zu dienen.
Sonst hätte man ebenso gut behaupten können, die Sterne gingen ihrer eigenen Wege und kreisten nicht in festen Bahnen um unsere Welt.
Bär konnte nicht Recht haben. Trotzdem ertappte ich mich bei dem Gedanken, es sei gar nicht so schlecht, ihn getroffen zu haben. Sicher, er war ein Raubein und was er sagte, verwirrte mich. Auch dass er mich mit »Crispin« ansprach, brachte mich durcheinander.

Doch wenn Bär mir Nahrung und Schutz gewährte, würde ich wenigstens erst einmal überleben. Außerdem hatte ich keine andere Wahl. Und Gott hatte es so gewollt.

Als ich über seine Worte nachdachte, überlegte ich, welche Fragen ich wohl stellen würde, würde ich ein Leben aus Fragen leben. Würde ich nach meinem Vater fragen? Und was war mit meiner Mutter, stimmte es, was Vater Quinel über sie erzählt hatte? Und – vielleicht – würde ich auch fragen, welches Schicksal mir beschieden war.

25

Am nächsten Morgen erwachte ich missgestimmt. Zu lang hatte ich mich mit den merkwürdigen Gedanken Bärs beschäftigt. Am liebsten wäre ich ihm aus dem Weg gegangen. Doch er teilte mir mit, es sei Zeit, mir ein paar Kenntnisse zu vermitteln.

Wenn er in einen Ort käme, erklärte er mir, ginge er spielend und tanzend direkt zur Dorfkirche. »Dort, so Gott will, nehme ich an der Messe teil.«

Ich sagte: »Ich dachte, Ihr glaubt nicht an diese Dinge.«

»Was ich *glaube,* Crispin, bleibt in meinem Kopf. Was ich *tue,* ist für die Welt draußen gedacht. Ich muss mich ehrfürchtig erweisen.«

»Ich verstehe Euch nicht!«, brach es zu meiner eigenen Überraschung aus mir heraus. »Ihr sagt, Ihr bräuchtet keine Kirche. Dann redet Ihr wieder wie ein Pfarrer. Was seid Ihr?«

»Ein Mensch. Nicht mehr und nicht weniger. Und du?«

»Nichts.«

»Warum sagst du das immer?«

»Weil ich keinen Namen habe«, stieß ich zornig hervor. »Kein Zuhause, keine Familie, keinen Platz auf dieser Welt. Ich bin vogelfrei. Jeder, der will, kann mich töten. Selbst Ihr. Ihr sagt, ich soll etwas machen, etwas denken. Aber wenn ich das nicht kann, werdet Ihr mich ächten und verraten wie alle anderen.«

Noch nie hatte ich so viel auf einmal gesprochen. Als ich fertig war, drehte ich mich, beunruhigt, so zu meinem Herrn gesprochen zu haben, zur Seite.

»Crispin, im Namen aller Heiligen, hast du jemals den Wunsch verspürt, ein anderer zu sein als der, der du bist?«

»Wir müssen zufrieden sein, wie Gott uns geschaffen hat«, sagte ich.

»Und wenn es Gottes Wunsch ist, dass du dich änderst?«

»Dann wird *Er* es vollbringen.«

»Crispin«, sagte er, packte mich im Genick und schleifte mich fort, »komm mit.«

Er schleppte mich zu dem kleinen Bach, wo wir Wasser geholt hatten. »Hast du jemals gesehen, wie du aussiehst?«

»Manchmal, in unserem Fluss. Aber ich mochte es nicht.«

»Schau dich an«, befahl er.

Verwirrt tat ich wie geheißen und starrte mein Spiegelbild im fließenden Wasser an: meine langen Haare, mein schmutziges, zerschürftes und tränenverschmiertes Gesicht, meine rot geränderten Augen.

»Und nun«, befahl er, »wasch dein Gesicht, nimm Sand dazu. Los, sonst, bei Gott, tue ich es.«

Nachdem ich getan, wie er mir befohlen hatte, zog er sein Messer hervor.

»Was habt Ihr vor?«, schrie ich.
»Haare schneiden.«
»Und nun schau dich an«, sagte er nach vollbrachter Arbeit, »was siehst du?«
Ich betrachtete mein Spiegelbild von neuem.
»Hast du dich verändert?«
»Ein bisschen«, sagte ich.
»Und das war nur Wasser und eine Klinge. Überlege, was aus dir werden kann, wenn dreizehn Jahre Dreck, Vernachlässigung und Sklavenleben von dir abgewaschen sind.«
Ich wandte mich wieder meinem Spiegelbild zu. Es hatte sich wirklich verändert und einen Augenblick lang überlegte ich, wie es aussehen würde, wenn sich der Rest von mir ebenfalls änderte.
»Ich habe dir bereits gesagt«, unterbrach Bär meine Gedanken, »dass ich in einem neuen Dorf als Erstes den Pfarrer aufsuche, dann den Herrn oder den Amtmann. Auch den Büttel, wenn nötig. Jeden, der berechtigt ist, mir eine Aufführungsgenehmigung zu erteilen.«
»Und ... Ihr wollt, dass ich mit Euch gehe?«
»Natürlich.«
»Aber Bär«, wandte ich ein, »was, wenn ich erkannt werde?«
»Crispin, du hast dich verändert. Wer sollte dich jetzt erkennen?«
»Jemand aus Stromford.«
»Beim heiligen Paulus, sie sind fort. Sie werden dich nie mehr belästigen.«
»Und wenn doch?«
»Zuerst sagst du, du seist ein Niemand. Dann sagst du, die

halbe Welt suche nach dir. Entscheide dich, wenn du überhaupt eine Meinung hast.«
»Aber Bär«, sagte ich, »der Vogt wollte mich töten. Zweimal. Und als ich mich im Wald verbarg, kam er hinter mir her. Bestimmt suchte er nach mir.«
Schelmisch sah er mich an. »Dafür, dass du so eine unbedeutende Kreatur bist, bist du ziemlich eingebildet. Sag mir einen Grund, warum sie hinter dir her sein sollten.«
»Sie denken, ich sei ein Dieb.«
»Crispin, hast du gestohlen?«
»Gott ist mein Zeuge, nein.«
»Dann war das alles nur ein Schwindel. Man hat dich nur der Tat eines anderen beschuldigt.«
»Aber auf sie kommt es an, nicht auf mich.«
»Dann werde ich dafür sorgen, dass es auf dich ankommt«, sagte er, »ich werde dir die Musik beibringen.«
»Das kann ich nicht.«
»Singen die Vögel?«
»Ja.«
»Haben sie eine Seele?«
»Ich glaube nicht«, sagte ich verwirrt.
»Dann kannst du auch singen wie sie, denn du hast eine Seele.«
»Manchmal denke ich … ich habe keine.«
Bär war zum ersten Mal sprachlos. »Im Namen des heiligen Remigius, wie kommst du auf so etwas?«
»Ich habe … ich habe sie niemals gespürt.«
Bär starrte mich wortlos an. Dann sagte er rau: »Dann werden wir dafür sorgen, dass du sie spürst.«

26

Er begann seine Unterweisungen mit den Löchern der Flöte, er nannte sie Klappen, und er zeigte mir, wie ich meine Lippen um das Mundstück stülpen und wie ich die Finger führen musste, um verschiedene Töne zu erzeugen.

Widerwillig nahm ich die Flöte und versuchte mit wachsweichen Fingern, darauf zu spielen, brachte aber nur trostlose, schwache Piepser hervor. »Seht Ihr«, sagte ich, »ich kann das nicht«, und streckte ihm die Flöte hin.

Er aber wies sie zurück und beschimpfte mich mit gellender Stimme, wenn ich es nicht versuchte, würde er mir die schlimmsten Qualen bereiten.

Am Anfang hatte ich schreckliche Angst vor seinen lauten Ausbrüchen, doch im Lauf des Tages merkte ich, dass es meistens nur leere Drohungen waren. Zuerst zweifelte ich nicht daran, dass er mir wirklich all die fürchterlichen Dinge, die er mir androhte, antun könnte, aber in Wirklichkeit war es nur seine raue Art von Freundlichkeit.

Je mehr ich das begriff, desto weniger verkrampft wurde

ich und allmählich lernte ich, Zunge, Finger und Atem richtig einzusetzen. Der Tag war noch nicht halb um, da konnte ich sein einfaches Liedchen flöten.

»Siehst du. Du hast es geschafft«, schrie er, als es mir das erste Mal gelang. »Du hast es doch auch gehört, nicht wahr?«

Niemand wunderte sich mehr als ich. Dass ich mit meinem eigenen Atem ein Lied spielen konnte, erregte mich tief. Ich wollte es immer und immer wieder spielen.

Bär ließ mich noch mehr üben. Und dann schlug er im Takt seine Trommel dazu.

Es war später Nachmittag und ich spielte immer noch, als etwas Neues geschah. Vor meinen staunenden Augen sprang dieses Ungetüm von einem Mann auf und begann zu tanzen. Er streckte die mächtigen Pranken in die Luft, hob die Knie an und hüpfte herum, wobei sein langer, roter Bart hin und her wehte, die Zipfel seiner Kappe auf und nieder baumelten und die Glöckchen bimmelten. Es war, als sei er von etwas besessen. Trotz seiner Größe wirkte er leicht wie eine Gänsefeder im lauen Wind.

Der Anblick überraschte mich derart, dass ich aufhörte zu spielen.

»Jetzt weißt du, warum ich dich aufgenommen habe«, sagte er grinsend.

Es dauerte einen Augenblick, bis ich die Bedeutung seiner Worte begriff – *ich* sollte *ihm* helfen.

»Spiel, du Narr«, schrie er, »nur darauf kommt es an.«

Aufgeregt nahm ich mein Spiel wieder auf, während er innehielt und seine Lederbälle hervorzog. Jetzt tanzte und jonglierte er zur gleichen Zeit. Und dann fing er auch noch an zu singen.

»Die Glücksfee, die Glücksfee
ist Freund und Feind zugleich.
Aus arm macht sie reich,
und aus reich macht sie arm.
Aus Elend wird Wohlstand,
und aus Wohlstand wird Leid.
Sie dreht das Glücksrad um und um,
vertraut ihr nicht, seid doch nicht dumm.«

Als er schließlich aufhörte, schlug er mir keuchend auf die Schulter und sagte: »Jetzt weißt du, was wir machen werden, mein kleiner, dummer, seelenloser, heiliger Crispin. Während ich meine Vorstellung gebe, sollst du auf dieser Flöte spielen. Du kannst mir glauben, das wird uns jede Menge Münzen einbringen und wir – der Bär und sein Junges – werden unser gutes Auskommen haben!«

Bei diesen Worten musste ich grinsen, worauf Bär seine Hände erhob und schrie: »Oh Gott! Seht nur, ein Wunder ist geschehen. Dieser elende Knabe hat der Welt ein Lächeln geschenkt!«

Als wir uns an diesem Abend zum Schlafen legten, teilte mir Bär mit, dass wir am nächsten Tag in ein Dorf namens Burley kommen würden. »Es ist nur wenige Meilen von hier entfernt, ein Spaziergang. Und es liegt auf der Straße nach Great Wexly.«

Diese Nachricht beunruhigte mich sehr. Seit Stromford

war ich außer ihm noch keinem Menschen begegnet. Doch ich schwieg aus Angst, er könnte sich über meine Sorgen lustig machen.
Als er aber eingeschlafen war, kniete ich nieder und sprach, mit dem Bleikreuz in der Hand, mein Gebet.
»Heiliger Sankt Ägidius, gesegnet seist du«, flüsterte ich zu dem Kreuz. »Lass mich die Musik gut spielen. Lass mich ein Gewinn für meinen Herrn sein. Ich bitte dich, lass mich eine Seele haben, dass ich singen und tanzen kann wie Bär. Und, heiliger Ägidius, mach, dass er mich nicht verrät.«

27

Am nächsten Morgen brachen wir bei Sonnenaufgang auf und wanderten über die lehmige Straße. Sie wand sich zwischen sanften Hügeln dahin, so dass wir nie weit sehen konnten. Nur dort, wo die Bäume lichter standen, sahen wir hin und wieder übers offene Feld.

Wir waren noch nicht weit gegangen, als Bär plötzlich anhielt.

»Was ist los?«, fragte ich.

»Schau!« Er zeigte zum Himmel.

Ich sah nur eine Schar Ringeltauben, die hoch über uns kreisten.

»Die Tauben?«, fragte ich.

»Sie sind aufgestört worden.«

»Wovon?«

»Das möchte ich auch gerne wissen. Bleib dicht bei mir.«

Eilig schlug er sich zur Seite, ich hinterher, und führte mich zu einem Dickicht, das groß genug war, uns vor Blicken zu schützen. Dort angekommen spuckte er aus. Schweigend deutete er auf einen Hügel jenseits eines nahen Feldes.

Nickend gab ich ihm zu verstehen, dass ich begriffen hatte, dann rannte er, dicht von mir gefolgt, los.
Am Fuß des Hügels angekommen ließ er sich auf Hände und Knie nieder, deutete mir an, den Sack zurückzulassen, und begann bergan zu kriechen.
Als wir oben waren, zog er seine Kappe ab, reckte den Kopf und spähte umher. Dann wandte er sich halb um, winkte mich zu sich und flüsterte: »Schau, aber pass auf, dass du nicht gesehen wirst.«
Vorsichtig hob ich den Kopf.
Unter mir konnte ich ein etwas weiter entferntes Stück unserer Straße überblicken. An einer Stelle, die wir nicht hatten einsehen können, führte eine schmale Holzbrücke über einen Fluss. Dort befanden sich ungefähr zwölf Männer. Einige saßen am Boden, andere standen an der Brücke. Alle waren mit Schwertern und Langbogen bewaffnet. Sie sahen aus, als warteten sie auf jemanden.
Einen von ihnen erkannte ich.
»Bär«, flüsterte ich mit pochendem Herzen, »das ist John Aycliffe, der Vogt von Stromford.«
Bär sah erst mich an – aber mit einem anderen Blick als sonst –, dann wieder zu den Männern. Nach einer Weile zog er wieder den Kopf ein. Er packte mich am Arm und befahl mir, ihm zu folgen.
Wir gingen den halben Hügel hinab bis zu einer Stelle, wo wir nicht gesehen werden konnten. Dort setzte er sich und schwieg, während ich ängstlich auf weitere Anweisungen wartete.
»Crispin«, sagte er schließlich voller Ernst, »kein Mensch

ist vollkommen. In meinem Leben habe ich Dinge getan, derer ich mich schäme, Dinge, die unserem allmächtigen Gott nicht verborgen sind. Du sagst, du seist für vogelfrei erklärt worden, weil du gestohlen hättest. Du bestreitest, ein Dieb zu sein, und es ist nicht an mir, dich zu strafen. Gott wird das tun. Aber ich muss die ganze Wahrheit wissen: Bei allem, was dir heilig ist, hast du getan, dessen sie dich beschuldigen oder nicht?«

Seine Worte bedrückten mich, jedoch antwortete ich nur: »Nein.«

Er seufzte und schüttelte den Kopf. »Ich glaube dir. Aber es ergibt keinen Sinn. Sie sollten froh sein, dass du geflohen bist, denn du bist ihnen höchstens eine Last. Weshalb suchen sie immer noch nach dir?«, fragte er sich. »Und was ficht es sie an, dass du nach Great Wexly gehst?«

»Woher wissen sie das?«

»Das ist die einzige Straße«, sagte er. »Hast du eine Erklärung dafür?«

»Ich habe Euch doch gesagt, sie würden mich verfolgen.«

»Du hattest Recht. Ich hätte auf dich hören sollen. Aber, Crispin, es muss noch einen anderen Grund geben, einen Grund, den du nicht kennst.«

Die Befriedigung, Recht gehabt zu haben, die ich bei seinem Zugeständnis empfand, schwand, als ich seine Unruhe bemerkte. »Was sollen wir tun?«, fragte ich.

»Die Straße können wir nicht mehr nehmen«, sagte er, »so viel ist sicher. Aber ich muss weiter. Am besten, wir schlagen uns dort durch.« Er deutete über die Felder auf einen

entlegenen Wald. »Ich werde uns von diesen Männern und deinem Vogt wegbringen.«
Er erhob sich ohne ein weiteres Wort und ging mit großen Schritten voran. Ich beeilte mich, ihm zu folgen, wobei ich mich immer wieder umsah.
Unterwegs musste ich oft daran denken, wie Bär mit Hilfe der Vögel auf die Soldaten aufmerksam geworden war, und ich sagte mir, um in dieser fremden Welt zu überleben, würde auch ich solche Fähigkeiten erlernen müssen. Je schneller ich sie lernte, um so länger würde ich am Leben bleiben.

28

Bis zum Abend wanderten wir abseits von Wegen, nur einige Male folgten wir für kurze Zeit schmalen Pfaden. Bär ging scheinbar ziellos mal in diese, mal in jene Richtung, und ich konnte nur erkennen, dass wir uns immer weiter vom Vogt entfernten. Auf dem ganzen Weg sprach er kaum ein Wort.

»Wisst Ihr, wohin Ihr geht?«, fragte ich schließlich.

»Dorthin, wo du am Leben bleibst«, antwortete er.

Beim Einbruch der Dämmerung machte er endlich Halt. Ein unangenehmer Nieselregen hatte eingesetzt und von den überhängenden Ästen tropfte es stetig auf uns herab. An einem flackernden, in der Feuchtigkeit zischenden Feuerchen brieten wir zwei Tauben, die Bär mit Hilfe einer Schlinge gefangen hatte.

Vielleicht um mich von meinen trüben Gedanken abzulenken, zeigte er mir, wie seine Vogelfallen funktionierten. Er benutzte dafür ein paar lange Haarsträhnen aus dem Schwanz eines Pferdes, die er in seinem Sack aufbewahrte. Nachdem er die Strähnen zusammengebunden hatte, schlang er sie zu einer Schleife, mit der er geschickt die Vögel einfing, ohne dass diese der Gefahr gewahr wurden. Ich schaute ihm aufmerksam zu.

Nach dem Essen saßen wir uns am Feuer gegenüber und versuchten, so gut es ging, uns zu wärmen. Bär war in ernster Stimmung und sprach sehr wenig. Er schien seinen eigenen Gedanken nachzuhängen.

»Glaubt Ihr mir jetzt?«, fragte ich.

»Was soll ich glauben?«

»Dass sie mich verfolgen.«

»Ja«, sagte er.

Ich lehnte mich zurück und versuchte, mich an die Geschehnisse im Wald von Stromford zu erinnern. »Bär«, sagte ich und richtete mich auf, »ich erinnere mich an noch etwas.«

»Woran?«

»Der Mann, mit dem der Vogt sich traf, hatte ein Pferd, ein sehr edles Pferd. Bestimmt ist er sehr wohlhabend.«

Bär zuckte nur die Achseln.

Dann sagte ich: »Wenn ich nur wüsste, was das für ein Schriftstück war, das der Fremde John Aycliffe überbrachte. Aber selbst wenn ich es gesehen hätte, hätte ich es nicht lesen können.«

»Das bringe ich dir auch noch bei.«

»Bär?«

»Ja, Bursche?«, sagte er schläfrig.

»Ich erinnere mich noch an etwas anderes. Bevor ich floh, erzählte mir der Pfarrer, dass meine Mutter lesen und schreiben konnte.«

»Wie sollte eine elende Bäuerin so etwas gelernt haben?«

»Ich weiß nicht. Ich habe sie nie dabei beobachtet. Aber Vater Quinel behauptete, es sei wahr.«
»Hat er es ihr beigebracht?«
»Das hat er nicht gesagt. Aber er behauptete, sie selbst hätte mein Kreuz beschriftet.«
Bär rieb sich über das Gesicht und den Bart, dann rollte er sich auf den Rücken und sagte: »Genug davon. Jetzt wird geschlafen. Wenn wir überleben wollen, müssen wir bald ein Dorf finden.«
Bevor ich mich hinlegte, holte ich wie gewöhnlich das Kreuz aus meinem Beutel, fasste es mit beiden Händen und kniete nieder, um zu beten.
»Crispin!«, rief Bär.
Ich drehte mich um.
»Gib mir das Kreuz.«
Ich dachte daran, was er über Kreuze geäußert hatte, und fürchtete, er könnte es beschädigen. Deshalb sagte ich: »Lieber nicht.«
»Gib her!«, schimpfte er.
»Für mich ist es kostbar«, sagte ich und versteckte es hinter meinem Rücken.
»Beim Herzen unseres Heilands, ich tu ihm nichts.«
»Schwört Ihr das wirklich?«
»Bei den blutigen Händen Christi«, antwortete er.
Widerstrebend kam ich seinem Wunsch nach. Er nahm das Kreuz in seine großen Hände, wo es kleiner aussah als in Wirklichkeit, starrte es mit seinen listigen Äuglein an und strich sogar mit den Fingern darüber. Dann hielt er es dicht ans Feuer.

Ich wusste, dass Blei im Feuer schmilzt, und schrie: »Werft es nicht hinein.«
Er beachtete mich nicht und hielt das Kreuz in den Schein unseres kleinen Feuers. Er studierte es aufmerksam und ich begriff, dass er die Schrift entzifferte.
»Könnt Ihr lesen, was darauf steht?«, fragte ich.
Statt einer Antwort gab er es mir zurück.
»Das Licht ist zu schwach«, sagte er, »und außerdem muss ich schlafen.« Mit diesen Worten wälzte er sich wieder auf den Rücken und schloss die Augen.
Ich sah erst ihn an, dann das Kreuz und war mir sicher, dass er etwas herausgefunden hatte, das er mir nicht verraten wollte.

29

Am nächsten Morgen war Bär sehr in sich gekehrt. Als wir uns zum Aufbruch rüsteten, bemerkte ich hin und wieder, wie er mich verstohlen ansah. Aber er sagte nichts und ich beschloss, ihn auch nicht zu fragen. Ich kannte ihn mittlerweile gut genug, um zu wissen, dass er nur sprach, wenn er wollte.

Wir wanderten über Hügel und durch Wälder, bis wir schließlich auf einen schmalen, gewundenen Pfad stießen. Dort machte Bär Halt.

»Wir nehmen diesen Weg«, verkündete er, »irgendwohin wird er uns schon führen.«

Und wirklich, am späten Vormittag hörten wir das ferne Läuten einer Glocke. Wir blieben stehen.

»Ungefähr drei Meilen entfernt muss ein Dorf sein«, meinte Bär. »Weißt du noch alles, was ich dir über den Einzug ins Dorf erzählt habe?«

»Ich glaube schon.«

»Üb deine Lieder«, sagte er.

Ich holte die Flöte hervor und spielte. Er hörte genau zu.

»Gut«, sagte er, »du hast schnell gelernt. So lange du tust, was ich dir gesagt habe, werden wir reichen Lohn haben.«
Er schien unruhig, was sonst nicht seine Art war.
»Was ist los?«, fragte ich.
»Crispin«, sagte er ernst, »wenn es irgendwann einmal Probleme gibt, darfst du keine Rücksicht auf mich nehmen. Du musst dann einfach wegrennen.«
»Wegrennen?«, fragte ich entsetzt. »Wovor wegrennen?«
»Falls dich jemand angreifen oder festnehmen möchte.«
»Aber wohin soll ich rennen?«
Er dachte einen Augenblick nach. »So weit wie möglich nach Norden.«
»Warum?«
»Weil du außerhalb des Königreichs am sichersten bist.«
»Aber gehen wir denn nicht nach Great Wexly?«
»Doch. Am dreiundzwanzigsten Juni, am Vorabend des Johannistages.«
»Warum erst dann?«
»Dann ist Mitsommernacht. Da gibt es einen großen Markt und jede Menge Feste in der Stadt, das ist eine gute Zeit für Gaukler, das wird sich für uns lohnen. Und außerdem habe ich dir doch gesagt, dass ich einen Mann treffen muss.«
»Was für einen Mann?«
Er kratzte sich am Bart. »Das ist eine persönliche Angelegenheit.« Dann fügte er hinzu, als wollte er mich beruhigen: »Ich habe versprochen, da zu sein, also muss ich hin.«
Er wich mir wieder aus, wie am Vorabend, als ich ihn nach der Schrift auf dem Kreuz gefragt hatte. »Es gibt noch einen anderen Grund, nicht wahr?«

»Crispin, ich gehöre zu einer … Bruderschaft. Sie möchte, dass die Dinge besser werden und sich ändern.«

»Richtig verändern lässt sich nichts«, sagte ich, weil ich dachte, er hätte sich falsch ausgedrückt.

Lächelnd sah er mich an. »Hast du dich nicht auch verändert?«

»Ein bisschen«, gab ich zu.

»Crispin, ich möchte nur ein Stück der Freiheit schaffen, die auch du willst.« Er musterte den Himmel, als stünde dort eine Antwort. »Doch ich fürchte, die Zeit ist noch nicht reif.«

»Ihr rechnet mit Gefahr, nicht wahr?«

Obwohl ich sicher war, dass er die Frage gehört hatte, tat er, als hätte er sie nicht gehört. »Wird es dort auch für mich gefährlich?«, bohrte ich weiter.

»Beim heiligen Pankratius«, sagte er, »ich war überrascht, als ich die Versammlung sah, die an der Brücke auf dich wartete.«

»Das galt mir. Aber was ist mit Euch?«

Er zuckte die Achseln. »Ich habe niemals Angst um mich.«

»Warum?«

»Weil ich meine eigenen Entscheidungen treffe.«

»Dann habt Ihr um mich Angst?«

»Vielleicht.«

»Warum?«

»Crispin, wenn es um Menschen geht, macht mir nur Angst, was ich nicht verstehen kann.«

»Und?«

»Deine … Unschuld ergibt einfach keinen Sinn für mich.

In unserer rauen Welt ist Unschuld mir rätselhafter als Bosheit.«

»Müssen wir denn dort hingehen?«

»Ich habe dir doch gesagt, Crispin, dass ich dieser … Bruderschaft versprochen habe, mich auf meinen Reisen durch das Königreich umzusehen und ihnen zu sagen, wie ich die Lage einschätze. Ich möchte mein Wort halten. Sie erwarten mich.« Er nahm etwas Erde auf und zerrieb sie zwischen seinen Fingern. »Sie zählen auf mein Urteil, das ist alles.«

»Ihr habt die Schrift auf meinem Kreuz gelesen«, sagte ich. »Was stand da?«

Er lächelte mich schief an. »Crispin, wenn wir überleben wollen, müssen wir uns endlich an die Arbeit machen.«

»Bär …«

»Genug«, sagte er plötzlich streng und wandte sich zum Gehen.

30

Bald kamen wir zu den bewaldeten Ausläufern eines kleinen Dorfes. Es hieß Lodgecot, wie wir später erfuhren.

Als wir aus den Bäumen heraustraten, sahen wir bestellte Felder und Männer, Frauen und Kinder, die – wie in Stromford – beim Pflügen, Säen und Hacken waren. Auch die Kleider, die sie trugen, hätten aus meiner Heimat stammen können. Da und dort weideten ein paar Schafe und Kühe. Für mich war es wie ein Wunder, eine neue Welt zu entdecken, die meiner alten so ähnlich war.

Als wir an den Feldern vorüberkamen, unterbrachen die Menschen ihre Arbeit und sahen zu uns her. Bär beachtete sie zuerst nicht. Erst, als wir uns dem Dorf näherten, blieb er stehen und sah sich aufmerksam um.

»Die Luft scheint rein zu sein«, sagte er.

»Wie meint Ihr das?«, fragte ich und sah mich ebenfalls um.

»Keine Leute, die nach dir suchen. Und nun spiel.«

Aufgeregt setzte ich die Flöte an den Mund und begann zu

spielen. Gleichzeitig begann Bär mit seinem Tanz. Auf diese Weise zogen wir ins Dorf ein.
Ich glaube, wären Lodgecot und Stromford vertauscht worden, hätte es kaum jemand bemerkt. An der einzigen, unbefestigten Straße dieselben eng beieinander stehenden kleinen Hütten und nur ein oder zwei Häuser, die größer waren als der Rest. Alle Dächer waren mit Stroh gedeckt, die Wände aus Flechtwerk mit Lehm verkleidet. Ungefähr in der Dorfmitte stand eine steinerne Kirche mit einem gedrungenen Turm. Auf einer nahen Anhöhe entdeckte ich das Herrenhaus. Es war nur wenig größer als die anderen Häuser.
Wie wir so ins Dorf hineingingen, kamen uns Hunde, Schweine und Kinder entgegen, die uns neugierig beäugten, aber sicheren Abstand von uns hielten. Schwer zu sagen, wer dreckiger war, die Kinder oder die Tiere.
Aus den Hütten traten Frauen, die uns misstrauisch anstarrten und ihre kleineren Kinder hinter ihren Röcken versteckten. Eine der Frauen wechselte flüsternd ein paar Worte mit ihrem Kind, worauf dieses in Richtung Kirche davoneilte.
Auch ich steuerte, wie Bär mir geheißen hatte, flötend auf die Kirche zu. Aus der trat, als wir näher kamen, ein Pfarrer, der zweifellos von dem Kind alarmiert worden war. Er war jünger als Vater Quinel, klein und dünn, unrasiert und hatte große, runde Augen. Er wirkte nicht sehr sauber, auch sein Gewand war ziemlich verschmutzt. Stirnrunzelnd stand er mit gefalteten Händen vor dem Kirchenportal.
Ich machte einen Schritt zur Seite, um Bär den Vortritt zu lassen. Dieser tanzte bis zum Pfarrer, fiel dann, zu meinem

Erstaunen, vor ihm auf die Knie und zog seine Kappe vom Kopf.
Ich hörte zu spielen auf und hoffte, man möge mir meine Unsicherheit nicht anmerken.
»Ehrerbietiger Vater«, sprach Bär so laut, dass alle Umstehenden ihn hören konnten, »ich, bekannt als der Bär, bin ein Jongleur. Mein Sohn und ich kommen aus der Stadt York. Wir sind auf dem Weg nach Canterbury, wo wir das heilige Sakrament der Buße ablegen wollen. Demütig bitten wir um Euren Segen.«
Der Pfarrer entspannte sich sichtbar.
»Mein Junge und ich ersuchen Euch gnädig um die Erlaubnis, ein paar einfache Lieder aufführen und tanzen zu dürfen, zur Ehre Gottes, für die Dorfbewohner und für seine Gnaden, König Edward, den großen Kriegsherrn, mit dem ich die Ehre hatte, auf den siegreichen Schlachtfeldern Frankreichs zu kämpfen.«
Darauf neigte Bär sein Haupt, hielt es aber leicht schräg, als wollte er mich im Auge behalten. Ich glaube, er zwinkerte mir sogar zu.
Der Pfarrer sah erst Bär an, dann mich, dann wieder Bär. »Kennst du auch Kirchenlieder?«
»Natürlich«, antwortete Bär. Er faltete die Hände wie zum Gebet und begann zu singen:

»Alle Tage sing und sage Lob der Himmelskönigin!
Ihre Gnaden, ihre Taten ehr, o Seel, mit Demutsinn!
Auserlesen ist ihr Wesen: Mutter sie und Jungfrau war.
Preis sie selig, überselig; groß ist sie und wunderbar!

Ihr vertraue, auf sie baue, dass sie dich von Schuld befreit
Und im Streite dir zur Seite wider alle Feinde sei!
Gotterkoren hat geboren sie den Heiland aller Welt,
der gegeben Licht und Leben und den Himmel offen hält.«

Als er geendet hatte, neigte Bär den Kopf, bekreuzigte sich und faltete die Hände über der Brust – die Demut selbst. Der Pfarrer war sichtlich erfreut. Lächelnd hob er die Hände über Bärs Haupt und sprach einen Segensspruch, worauf Bär aufsprang und mir ein Zeichen gab, das ich als Signal zum Weiterspielen deutete. Froh nahm ich mein Spiel wieder auf.
Schon nach kurzer Zeit bildeten die meisten Dorfbewohner einen großen Kreis um uns. Ich stand ein wenig seitlich und spielte, während Bär in der Mitte tanzte. Mitten im Tanz nahm er seine Lederbälle und begann zu jonglieren.
Als er einen dritten und dann einen vierten Ball hinzunahm, vernahm ich die erstaunten »Ohs« und »Ahs« der Leute. Und als er schließlich ein paar Schritte nach vorn tat und aus den Händen eines der Zuschauer ein hölzernes Trinkgefäß schnappte und den kreiselnden Bällen hinzufügte, gab es Gelächter und Beifall.
Der Mann, von dem er den Becher genommen hatte, war ein schmächtiger, einäugiger Jugendlicher mit einer Augenklappe. Er hatte einen dünnen, fransigen Bart, der ihn wohl älter erscheinen lassen sollte, als er war. Mochten die anderen über Bärs Späße lachen, dieser junge Mann nahm ihm das Spiel übel und versuchte, zunehmend zorniger, dreimal seinen Becher zurückzuerlangen.

Jedes Mal, wenn Bär ihm den Becher mit großer Geschicklichkeit überreichen zu wollen schien, warf er ihn im letzten Augenblick wieder hoch in die Luft. Dies geschah unter dem großen Jubel der Zuschauer, jedoch zum steigenden Unmut des jungen Mannes.
Schließlich stürmte der junge Mann leise fluchend davon. Niemand schien sich darum zu kümmern.
Ich näherte mich Bär, wie er mir beigebracht hatte, und er, immer noch tanzend und jonglierend, beugte sich herab, damit ich ihm seine Kappe abziehen konnte. Ich nahm sie und hielt sie, stumm um Geld bettelnd, den Leuten hin.
Zu meiner großen Freude bekamen wir einige Pennys und ein Stück Brot.
Als Bär schließlich schweißgebadet zum Ende kam, scharten sich die Leute um ihn. Mich umringten die Kinder und löcherten mich mit Fragen.
»Wie heißt du? Woher bist du? Wohin gehst du? Wo hast du das gelernt? Ist dein Vater der größte Mann der Welt?«, waren nur einige der Fragen, die sie mir stellten.
Zuerst wollte ich wahrheitsgemäß antworten, aber ich konnte mich rechtzeitig beherrschen und nannte ihnen einen anderen Namen und einen anderen Ort. Und Bär gab ich, wie ich es von ihm gehört hatte, als meinen Vater aus.
Nach einer Weile rief Bär mich zu sich. Wir folgten dem Pfarrer, der nun über das ganze Gesicht lächelte, in die Kirche. Viele der Dörfler kamen mit uns und ich bemerkte, dass unter ihnen der einäugige, junge Mann war, der zurückgekommen war. Er starrte Bär so hasserfüllt an, dass ich schon befürchtete, er wollte ihm etwas antun.

Die Kirche glich der von Stromford, nur waren andere Bilder an den Wänden. Vor allem ein Bild fiel mir auf, es zeigte Christi Höllenfahrt mit den Teufeln, die ihm drohen. Vor dem Altar knieten wir nieder und endlich durfte auch ich beten.
»Und was ist euer nächstes Ziel?«, fragte der Pfarrer nach dem Gebet.
Die Zuschauer schien unsere Antwort ebenso zu interessieren wie den Pfarrer.
»Wir wollen erst nach Great Wexly zum Fest des heiligen Johannes«, erwiderte Bär, »dann weiter nach Canterbury.«
»In dieser Gegend gibt es viele Dörfer«, erklärte uns der Pfarrer, »aber ihr müsst auf der Hut sein vor einem schlimmen Mörder.«
Ich hatte die Bilder an den Wänden angesehen. Jetzt drehte ich mich neugierig um.
»Was meint Ihr?«, fragte Bär.
»In einem Dorf weiter nördlich, ich weiß nicht genau, in welchem, ist ein Knabe dem Wahnsinn verfallen. Er hat erst das Herrenhaus ausgeraubt, dann den Pfarrer ermordet.«
Ich blickte schnell zu Boden, um mich nicht zu verraten, bemerkte jedoch, als ich mein Gewicht verlagerte, wie der einäugige junge Mann mich anstarrte.
»Gott behüte«, rief Bär entsetzt und bekreuzigte sich, »und man hat ihn noch nicht gefunden?«
»Niemand weiß, wohin er geflohen ist«, erzählte der Pfarrer, »aber ein offizieller Abgesandter mit einer Schar bewaffneter Männer kam hier durch und warnte uns, der Knabe sei sehr gefährlich. Er sei für vogelfrei erklärt und

ein Kopfgeld von zwanzig Schilling für sein Ergreifen, tot oder lebendig, ausgesetzt worden.«

»Ich danke Euch für Eure Warnung«, sagte Bär mit unbeweglichem Gesicht. »Das Geld könnten wir gut gebrauchen. Wer ist der Herr dieser Gegend?«

»Lord Furnival«, antwortete der Pfarrer. »Vierzehn Jahre war er nicht mehr hier, aber wir haben gehört, er sei – dem Herrn sei Dank – endlich wieder nach England zurückgekehrt, wenn auch schwer krank. Wir beten jeden Tag für seine Genesung und hoffen, ihn bald begrüßen zu können.«

»Gott ist denen gnädig, die ihn lieben«, sagte Bär. »Woher habt ihr diese Nachricht?«

»Er schickte einen Kurier, einen Mann namens du Brey.«

Mit vielen schönen Worten verabschiedete sich Bär von dem Pfarrer. Dann mischte er sich unter die Dörfler und erkundigte sich nach ihrem Getreide, ihren Ernten und dem Leben, das sie führten.

Und obwohl ich nichts verzweifelter wünschte, als mit ihm zu sprechen, hielt ich mich im Hintergrund.

31

Als wir am Nachmittag den Flecken verließen, hieß Bär mich spielen. Wir zogen aus dem Dorf, wie wir gekommen waren, ich spielte auf der Flöte und Bär tanzte. Dieses Mal folgte uns eine Schar munterer Kinder. Allmählich blieben die Kinder zurück, aber erst, als wir wieder ganz allein waren, hörte Bär auf zu tanzen und ich hörte auf zu spielen.

»Hast du das gehört?«, sprudelte ich hervor. »Sie beschuldigen mich, Vater Quinel ermordet zu haben.«

»Das habe ich gehört.«

»Und dieser Pfarrer hat gesagt, Lord Furnival sei ihr Herr. Wie ist das möglich?«

»In diesem Königreich besitzen die Lords mehr Land als der liebe Gott selbst. Wir müssen uns jetzt sputen.«

»Aber den Namen dieses Kuriers, den der Pfarrer genannt hat, habe ich schon einmal gehört.«

»Tatsächlich?«

»Das ist der Mann, den der Vogt unseres Dorfes, John Aycliffe, im Wald traf. Vater Quinel erwähnte seinen Namen.

Und dieser Einäugige, der junge Mann, mit dem Ihr Schabernack getrieben und der sich so geärgert hat – ich hab das alles gesehen –, er hat mich ganz genau beobachtet.«
Bär zuckte die Achseln. »Wir sind Fremde. Manche betrachten Fremde als Bedrohung und sehen sie entsprechend an. Mach dir deswegen keine Gedanken.«
»Aber Ihr habt ihnen erzählt, wir gingen nach Great Wexly.«
»Ein kleines Versehen.«
»Bär ...«
»Was gibt's?«
»Ihr habt mich auch als Euren Sohn ausgegeben.«
»Ach, Crispin, dir könnte Schlimmeres widerfahren, viel Schlimmeres.« Gewöhnlich war so eine Bemerkung von einem Lachen begleitet. Diesmal blieb er ganz ernst.
»Wie war ich?«, fragte ich.
»Sehr gut.«
Mein Herz schwoll vor Stolz an.
»Müssen wir uns denn keine Sorgen machen?«
»Crispin, unter Soldaten gibt es eine alte Redensart: ›Hast du die Wahl zwischen Vorsicht und Sorgen, sei vorsichtig, denn Vorsicht schenkt dir ein längeres Leben.‹ Und jetzt lass uns lieber sehen, was wir verdient haben.«
Das hatte ich ganz vergessen. Bär ließ sich auf die Knie nieder und leerte seinen Sack aus. Wir hatten vier Silberlinge, vier Viertelpennys und sechs Laib Brot eingenommen.
»So viel!«, rief ich.
»So viel ist das auch wieder nicht«, sagte Bär. »Aber denke daran, Crispin, das gehört niemandem als uns selbst. Ehr-

licher Lohn für ehrliche Arbeit. Und du sollst auch deinen Teil bekommen.« Er gab mir einen ganzen Penny.
»Aber ich bin Euer Diener«, sagte ich.
»Ja, aber du hast es dir verdient«, erwiderte er und schloss meine Finger um die Münze. »Und wir sind freie Menschen.«
Ich betrachtete die Münze in meiner Hand. »Seid Ihr Euch auch sicher?«
»Hast du tüchtig gearbeitet?«
»Ich habe es versucht.«
»Dann hast du das auch verdient. Und jetzt komm, wir müssen noch mehr einnehmen.«
Während wir weitergingen, dachte ich aufgeregt darüber nach, was er gesagt hatte. Wir seien freie Menschen. Aber als ich mich erinnerte, dass ich noch immer vogelfrei war und verfolgt wurde, verblich der Glanz dieses Augenblicks.

32

In den folgenden zwanzig Tagen wanderten wir über Straßen und zuweilen auch nur über Waldwege. Dann und wann führte unser Weg über offene Felder und durch Schonungen. Bär vermied die direkten Verbindungen.

In dieser Zeit traten wir in zahlreichen Dörfern auf. Jede Vorstellung glich unserer ersten, obgleich Bär behauptete, ich würde immer besser, in mir schlummere womöglich ein Talent. Er brachte mir weitere Melodien bei und einmal jonglierte ich sogar, während er spielte. Und unsere Pennys wurden immer mehr. Niemals hatte ich mich so frei gefühlt. Niemals hatte ich eine so uneingeschränkte Freude empfunden.

Dann sagte Bär eines Abends: »Crispin, kennst du dich mit Waffen aus?«

Seine Frage überraschte mich. »Was meint Ihr damit?«

»Waffen. Schwerter, Dolche, Bogen.«

»Nein.«

»Zeit, dass du das lernst.«

»Aber … warum?«

»Wenn du schon ein Vogelfreier bist, kannst du auch ein paar Krallen haben. Das könnte dir von Nutzen sein.«

Schwer zu sagen, was mich mehr beunruhigte: die Waffen oder der Umgang mit ihnen, die Vorstellung, sie anwenden zu müssen oder so in Gefahr zu geraten, dass mir keine andere Wahl blieb, als sie zu gebrauchen.

Aber ich übte fleißig.

Als wir wieder einmal an unserem abendlichen Feuer saßen, begann Bär mit Nadel und Faden die Löcher in seinen Gamaschen zu stopfen. Sobald er fertig war, fragte ich ihn, ob ich es ihm gleichtun dürfte und er mir das Nähen beibringen würde. Unter großem Gelächter auf seiner Seite und vielen Rückschlägen auf meiner kam er meinem Wunsch nach.

Einmal fragte ich ihn, wie er gelernt hatte, zu Fremden und sogar zu Höhergestellten so frei zu sprechen.

»Das ist eine Sache der Augen«, sagte er.

»Wie meint Ihr das?«

»Glaube mir, Crispin, du hast einen wirklich untertänigen Blick. Als wir uns das erste Mal begegneten, hattest du deine Augen an den Boden geheftet, als sei dort dein Zuhause.«

»Wohin hätte ich sonst schauen sollen?«

»Es heißt, die Seele eines Menschen erkenne man in seinen Augen.«

»Stimmt das?«

»Vielleicht. Aber eins weiß ich genau, wenn ich jemanden ansehe und dieser weicht meinem Blick aus, kann ich seine

Seele nicht erkennen. Dann nehme ich an, dass er keine Seele hat, und behandele ihn entsprechend. Du musst den Menschen zeigen, was in dir ist.«
»Ich weiß nicht, ob ich das kann.«
»Du hast dir auch nicht zugetraut, Musik zu machen.«
»Von jetzt an, wenn ich mit Euch spreche, ruft ›Augen!‹, falls ich zur Seite oder zu Boden schaue.«
Er lachte laut und sagte: »Das verspreche ich dir.« Und er hielt sein Wort.
Dann bat ich ihn eines Tages, mir zu zeigen, wie er die Schlingen zum Fangen von Hasen und Vögeln herstellte.
»Fange ich denn nicht genug für uns?«, fragte er.
»Ihr konntet mich in dem verlassenen Dorf nur fangen, weil ich nichts zu essen hatte«, sagte ich. »Was ist, wenn ich wieder allein bin?«
Er musterte mich neugierig. »Du hast Recht«, sagte er schließlich und lächelte reumütig. Dann brachte er mir auch das bei.
In zwei Dörfern, in denen wir auftraten, wurde von der Suche nach mir erzählt. Obgleich wir nichts Neues erfuhren, bedeutete es doch, dass die Verfolger nicht aufgegeben hatten.
Eines Abends, als wir uns gerade zum Schlafen legen wollten, sagte Bär: »Crispin, morgen kommen wir nach Great Wexly.«
»Und was wird dort geschehen?«, fragte ich.
»Das weiß nur der liebe Gott«, erwiderte er. »Aber«, fügte er hinzu, »wenn du nachher betest, bitte darum, dass der Teufel es nicht als Erstes erfährt.«

Seine Worte erinnerten mich an die Dämonenbilder in der Kirche von Lodgecot. »Bär«, fragte ich, »was glaubt Ihr, wie der Teufel aussieht?«

»Ich glaube, der Teufel hat so viele Gesichter, wie es Sünden gibt. Im Augenblick jedoch stelle ich ihn mir vor wie Lord Furnival.«

»Wieso?«

»Fast alles Land, das wir durchstreift haben – und fast alles Elend, dem wir begegnet sind –, gehört ihm. Er behandelt seine Leute schlecht.«

»Bär, Ihr ... Ihr werdet mich doch nicht verraten?«

Er sah mich zornig an. »Wie kannst du so etwas nur fragen?«

»Verzeiht mir. Aber – das ist mir schon einmal passiert.«

»Und du glaubst, dass auch ich so etwas tue?«

»Das ... das will ich nicht.«

Er sah mich eine Zeit lang stirnrunzelnd an. »Crispin«, sagte er schließlich, »du bist mir nicht gleichgültig, das musst du wissen. Vielleicht erinnerst du mich daran, wie ich selbst einmal war. Und der Teufel weiß am besten, dass ich nicht so schnell aufgebe, wenn ich jemanden mag. Sicher, du bist dumm wie eine Rübe – oder wie ein Kohlkopf –, aber du hast ein Herz wie eine Eiche, obwohl du erst eine kleine Eichel bist.

Was hältst du davon, mein Lehrling zu werden? Ich bringe dir alles bei, was ich kann, Jonglieren, Singen und Tanzen. Und Musizieren. Ich bin dein Lehrer und nicht dein Herr. Würde dir das gefallen?«

»Sehr«, stammelte ich und brachte kaum ein Wort heraus.

Er streckte mir seine große Hand entgegen und ich nahm sie. »Dann ist es so abgemacht«, sagte er, »von nun an bist du mein richtiger Lehrling.«
Dann legte er sich hin und schlief.
Ich konnte nicht einschlafen.
Bärs Versprechen machte mich froh, aber auch sehr unruhig. Konnte ich ihm wirklich vertrauen?
Ich tastete nach meinem Kreuz und wollte um Weisung bitten, aber dann spürte ich ein Zögern in mir. Ich hatte Gott schon um so viel gebeten und er hatte mir reichlich gegeben. Vielleicht war es jetzt an der Zeit, selbst eine Entscheidung zu fällen.
Mit diesen Gedanken steckte ich das Kreuz wieder ein und holte tief Luft. Ich wollte Bär vertrauen. Es war meine Entscheidung, meine eigene Entscheidung. Aber ich wollte wachsam bleiben, denn wer wusste, was mich noch alles erwartete.
Nachdem ich so entschieden hatte, legte ich mich hin und starrte zu den Sternen hoch, bis ich in Schlaf fiel.

33

Am nächsten Tag brachen wir früh auf. Graue Wolken jagten über den Himmel. Die Straße war aufgeweicht, die Luft feucht und unangenehm. Ich war sehr unruhig. Und obgleich Bär versuchte, seine gewohnte, fröhliche Miene aufzusetzen, spürte ich, dass auch er unruhig war. Er ließ es sich aber nicht anmerken.

Zuerst waren wir wie üblich allein unterwegs. Doch gegen Mittag begegneten wir einigen Leuten auf der schmalen Straße und als wir uns Great Wexly näherten, wurden es immer mehr. Der Anblick der vielen Menschen steigerte meine Unruhe noch. Bär, der meine Stimmungen gut kannte, versuchte alles, um mich zu beruhigen. »Mach dir keine Sorgen«, sagte er, »du bist sicher. In Jesu Namen, dafür werde ich Sorge tragen.«

Die Straße wurde breiter und immer belebter. Bär, der meine Unwissenheit kannte, versuchte mir zu erklären, was wir sahen.

»Das dort ist ein Pilger«, sagte er und zeigte auf einen Mann, der mit gesenktem Kopf ganz langsam einherschritt. »Beachte seine grauen Kleider und das schwere Eisenkreuz auf seiner Brust. Er trägt die Kapuze über dem Kopf und die Augen an den Boden geheftet und grübelt sicher über seine vielen Sünden nach. Er sieht mir ganz danach aus, als wolle er den Papst in seinem französischen Palast in Avignon aufsuchen oder sogar bis nach Jerusalem ziehen.«

Eine geschlossene Kutsche fuhr an uns vorbei. Ihre Räder waren mit Eisen beschlagen, was ich noch nie zuvor gesehen hatte und sehr bewunderte. Sie wurde von mehreren großen Pferden gezogen und von einer Gruppe mit Hellebarden bewaffneter Männer begleitet. In der Kutsche säße eine reiche Frau, die ihren abtrünnigen Mann suche, klärte Bär mich auf.

»Woher wisst Ihr das?«

»Das ist nur eine Vermutung.«

»Könnte es auch ein reicher Mann sein?«

»Auch das«, sagte er lachend, »und er sucht nach seiner abtrünnigen Frau.«

Wir sahen viele Bauern, die Körbe und Säcke auf dem Rücken trugen. Eine Frau trug zwei Eimer, die an beiden Enden einer Querstange über ihren Schultern hingen. Manche Leute gingen neben ihren Karren her, andere zogen ihre Karren. Auch Kinder mussten mit anfassen.

Bär machte mich auf Kaufleute aus London, Flandern und Italien aufmerksam, die er an ihrer Tracht oder an speziellen Abzeichen erkannte. Auch Pfarrer, Nonnen und Mönche aller Art waren auf der Straße unterwegs.

Ein Mönch hatte die schwarze Kutte der Benediktiner an. Ein Dominikanermönch – »das sind gute Prediger« – war in Weiß gekleidet. Ein anderer trug einen groben, braunen Umhang und hatte Sandalen an den Füßen. »Das ist ein

Bettelbruder des Franziskanerordens«, erklärte Bär. »Sie nehmen ihr Armutsgelübde sehr ernst. Möge Gott ihm und seinesgleichen mit Wohlwollen begegnen.«
Er gab mir einen Penny für den Bruder.
Auch Höflingen aus der Grafschaft begegneten wir. Und von einigen Reitern behauptete er, sie kämen vom Königshof in Westminster bei London.
»Seid Ihr schon einmal dort gewesen?«, fragte ich.
»Ja«, antwortete er, als sei es die normalste Sache der Welt.
Händler, Kaufleute, Kesselflicker, Steinmetze und Zimmerleute schleppten ihre Waren die Straße entlang. Bär machte mich auf einen Doktor, einen Anwalt und einen Apotheker aufmerksam. Von einem Mann auf einem besonders großen Pferd sagte er, er sei ein Steuereintreiber. Er wurde von bewaffneten Männern begleitet und allein schon sein Anblick erregte Bärs Zorn.
Am Straßenrand standen unzählige Menschen, die allerlei Waren feilboten, die auf Ständen, niedrigen Tischen, Tüchern und manchmal einfach auf dem Boden ausgebreitet waren. Die meisten von ihnen waren ärmlicher gekleidet als die anderen Leute, denen wir begegneten.
Einmal marschierte ein Trupp Soldaten an uns vorüber. Sie hatten Helme auf, grölten Lieder und stießen die Menschen auf der Straße grob zur Seite. Sie trugen lange Eibenholzbogen und hatten Köcher mit Pfeilen umgebunden.
Von der unglaublichen Zahl von Menschen abgesehen, überraschte mich am meisten die Mannigfaltigkeit der Kleidung und die Vielfalt von Farben, Farben, die ich nie zuvor gesehen hatte und deren Namen ich nicht einmal kannte. Es

sah aus, als hätten sich Regenbogen über die Menschen ergossen und würden die Straße entlangmarschieren. Bald begriff ich, dass ich nicht nur lernen musste, Wörter zu lesen, sondern auch die Kleidung der Menschen zu entziffern.
»Du wirst sehen, in der Stadt wird es voll werden«, sagte Bär. »Die Leute kommen von überall her.« Er schien sich zu freuen. Ich war überwältigt und zugleich fasziniert von dem Anblick, der sich mir bot. Natürlich hielt ich mich dicht an Bär, der großspurig vor mir her schritt. Wenn Leute ihn kommen sahen, traten sie hastig beiseite und starrten ihn ehrfürchtig an. Das machte mich stolz und verlieh mir ein Gefühl von Sicherheit.
Mit einem Mal, wie aus dem Erdboden gewachsen, ragte der Marktflecken Great Wexly vor uns auf. Riesige braune Mauern erstreckten sich, so weit das Auge blickte.
»Wohin führen diese Mauern?«, fragte ich, denn nie zuvor hatte ich Ähnliches gesehen.
»Sie umringen die Stadt in einem großen Kreis«, erklärte Bär.
»Wieso in einem Kreis?«
»Um die Feinde draußen zu halten.« Und nach einer Pause fügte er hinzu: »Und drinnen.«
Über den Mauern ragten Turmspitzen – manche mit einem Kreuz –, an denen eine Unzahl bunter Wimpel hingen, die im Wind flatterten. Es mag merkwürdig klingen, aber für mich sah es aus, als hätte die Stadt langes Haar, dessen bunte Strähnen vom Wind zerzaust wurden. Ich sah auch unzählige Dächer. Alles wirkte unermesslich.
Mittlerweile war die Menschenmenge zu einem dichten Gedränge angeschwollen. Die Luft war von Lärm erfüllt.

Ich drehte mich hierhin und dorthin, um alles zu sehen und zu hören, und fragte Bär, was dieses und jenes bedeutete. Er jedoch, meines endlosen Fragens müde, ging schweigend voran. Um mit ihm Schritt halten zu können, musste ich mich zuweilen an ihm festhalten.

Als wir uns der Mauer näherten, drängten sich die Menschen noch enger zusammen. Erst wunderte ich mich darüber, dann aber sah ich das Stadttor vor uns. Es war in die große Mauer eingelassen und bildete einen tiefen Durchgang, der ahnen ließ, wie dick die Mauer war.

»Die Bischofspforte«, sagte Bär.

Das Tor bestand aus zwei mächtigen, schwarzen Holzflügeln, die mit Riegeln aus Eisen beschlagen waren. Beide Flügel waren geöffnet und an die Mauer gelehnt. Dahinter erhob sich wie ein drohendes Gebiss ein halb hochgezogenes Fallgitter.

Über dem Stadttor befand sich ein bemaltes Schild, das wie ein Wappen aussah und mit einem schwarzen Tuch verziert war. Bär musterte es genau, aber als ich ihn nach seiner Bedeutung fragen wollte, bemerkte ich, dass sein Blick weiter zum Tor gewandert war.

Ich folgte seinem Blick. Soldaten mit Brustpanzern und spitzen Eisenhelmen bewachten den Eingang. In ihren Händen hielten sie riesige Hellebarden, sie hatten Schwerter umgebunden und an ihren Gürteln hingen Dolche. Auf der Mauer entdeckte ich weitere Wachen. Die Soldaten ließen nur wenige Menschen gleichzeitig durch das Tor.

Ich dachte an die Männer bei der Brücke und wurde unruhig. »Ich glaube, sie suchen jemanden«, flüsterte ich mit trockenem Mund.

34

Bär legte eine Hand auf meine Schulter und sagte leise: »Crispin, du solltest deine Angst nicht zeigen. Angst ist die schlechteste Verkleidung.«

»Aber wenn sie mich anhalten?«

»Das glaube ich nicht. Und wenn doch, denke immer daran, was ich dir gesagt habe: Lauf fort. Tauche in der Menge unter. Bei deiner Größe kannst du dich gut verbergen.«

Angespannt beobachtete ich das Tor. Diejenigen, die in die Stadt hineinwollten, hatten sich in zwei Reihen aufgestellt und schoben sich an einer Kette von Soldaten vorbei. Mit jedem Schritt wurde ich ängstlicher.

»Ich weiß eine bessere Methode«, flüsterte mir Bär ins Ohr. »Sobald ich dir ein Zeichen gebe – wenn wir nahe genug am Tor sind –, beginnst du Flöte zu spielen und ich werde tanzen.«

»Aber das lenkt doch ihre Aufmerksamkeit erst recht auf uns«, wandte ich ein.

»Tu, was ich dir sage«, sagte er, und seine Stimme klang so angespannt, dass ich nicht zu widersprechen wagte.

Wir rückten weiter vor und gerade, als wir das Tor – und die Soldaten – erreichten, sagte Bär: »Fang an.«
Ich schlug eilig das Kreuz, flehte den heiligen Ägidius um Schutz an, nahm mit zitternden Fingern die Flöte und begann zu spielen. Bär schlug die Trommel dazu und tanzte. Die Leute drehten sich nach uns um. Sie lächelten und manche klatschten, auch die Soldaten.
So tanzten wir bis zum Tor und durch die Stadtmauer hindurch, ohne einen einzigen unfreundlichen Blick zu empfangen.
»Gut gemacht«, sagte Bär sichtlich erleichtert, als wir endlich in Great Wexly waren.
Was ich draußen auf der Straße gesehen hatte, hatte mich bereits in Erstaunen versetzt. Wie sehr aber staunte ich, als ich in die Stadt kam. Kaum hatten wir das Tor hinter uns gelassen, sah ich mehr Menschen – Männer, Frauen und Kinder –, als ich je in meinem ganzen Leben gesehen hatte. Allein der Lärm war ohrenbetäubend. Die Menschen schrien, riefen, stritten, lachten und handelten mit jedem, der des Wegs kam. Wasserträger wanderten umher und priesen ihre Ware an. Andere boten Äpfel, Lavendel oder Bänder feil.
Es war kaum auszumachen, wer mit wem sprach. Für meine Augen und Ohren glich alles einer Krähenschar, die im frisch gemähten Weizenfeld durcheinander kreischt. Oder eher einem dichten Wald, einem Wald aus Menschen. Denn wir konnten nicht geradeaus gehen, sondern mussten uns durch die Menge schlängeln, wobei wir ständig mit anderen zusammenstießen.

In Stromford kannte man jeden, dem man begegnete, und wurde in irgendeiner Weise gegrüßt, und wenn es nur ein paar brummelnde Worte waren. Selbst mir wurde diese Achtung zuteil. Fremde waren dort selten wie Sternschnuppen und ebenso geheimnisvoll. Doch obwohl Bär und ich in Great Wexly fremd waren – und ich ein Vogelfreier war –, schien sich niemand für uns zu interessieren. Nur Bär wurde, schon allein wegen seines Umfangs, neugierig angesehen.

Was meine Sinne aber am meisten aufrührte – abgesehen von der riesigen Zahl von Menschen allen Alters und dem andauernden Geschrei –, war der Gestank, der die Luft erfüllte: verdorbene Waren, Essen, Mist, Jauche, menschlicher Unrat und Schweinefraß mischten sich zu einem so Ekel erregenden Gebräu, dass mir beinahe die Sinne schwanden.

In unserem Dorf wurden die Abfälle hinter die Häuser geschüttet. In Great Wexly häufte sich der Unrat mitten auf der breiten Straße, die nicht mehr aus Erde und Lehm bestand, sondern mit Steinen gepflastert war. In ihrer Mitte verlief – gleich einem aufgeschlitzten Darm – ein stinkender Graben. Im Vorübergehen sah ich, wie Fenster geöffnet und Unrat auf die Straße geschüttet wurde, der sich, zum Ergötzen der Zuschauer und zum Ärger der Betroffenen, manchmal auch über Passanten ergoss.

Nicht nur Menschen waren auf der Straße, sondern auch Tiere: Schweine, Hühner, Gänse, Hunde – und Ratten. Sie huschten durch die Menge und schienen den Menschen ebenso wenig Beachtung zu schenken wie diese ihnen.

Die überfüllten, engen Straßen waren von eng beieinander

stehenden Häusern gesäumt, die zwei und manchmal drei Stockwerke hoch und statt mit Stroh mit Schiefer gedeckt waren. Die meisten dieser Häuser waren aus Holzverstrebungen gebaut, deren Zwischenräume mit hellem Mörtel aufgefüllt waren. Da und dort standen größere Gebäude aus Stein. Bei vielen Häusern ragten die oberen Stockwerke über die schmale Straße und verdeckten die Sicht auf den Himmel.

Die Häuser besaßen zahllose Fenster, mehr als ich je zuvor gesehen hatte. Die meisten waren mit Fensterläden, manche aber auch mit Glasscheiben versehen. Und Türen gab es, mehr als man sich vorstellen konnte. Die Menschen hier, dachte ich, gehen ihr Leben lang ständig irgendwo hinein oder hinaus.

Und immer wieder sahen wir schwarze Tücher, die mit blauen und goldenen Bändern geschmückt waren. Ich fragte Bär, was sie bedeuteten, und diesmal antwortete er: »Eine wichtige Person ist gestorben.«

An zahlreichen Häusern waren große hölzerne Bildtafeln angebracht: hier ein Schwein, dort ein Helm, ein Fisch, eine Jacke, ein Reif und sogar eine Weizengarbe. Diese waren, wie ich bald feststellte, Symbole, die die Vorübergehenden informieren sollten, welche Art von Handwerk oder Ware in diesen Häusern betrieben oder verkauft wurde. Die Händler klappten einfach die Läden herunter, wodurch eine Art Auslage entstand, von der aus sie ihre Waren verkauften. Zum Essen und Schlafen benutzten die Leute die oberen Stockwerke.

So viel gab es zu sehen, dass ich meine Augen überall hatte, und selbst wenn ich zehn Augen gehabt hätte, hätte ich nicht alle Einzelheiten erfassen können. Mir brummte der Schädel.

Bär musste mich oft weiterziehen oder nach mir rufen, denn ich war von allem, was ich sah, so benommen, dass ich manchmal einfach stehen blieb und Gefahr lief, von den umherschwirrenden Menschenmassen umgestoßen und niedergetrampelt zu werden. Zum Beispiel entdeckte ich eine Bäckerei, die schneeweißes Brot verkaufte, etwas, das ich noch nie gesehen hatte. Und Fleisch. Bei Jesus, ich schwöre, es gab mehr Fleisch, als ein ganzes Königreich verzehren konnte. Ich hatte wohl gewusst, dass in Stromford große Armut herrschte und die Menschen hungerten. Aber ich hatte angenommen, das sei überall so. Nun begriff ich, wie arm mein Dorf wirklich war.

So gingen wir immer weiter, bis Bär mich plötzlich am Arm packte und zur Seite schwenkte.

»Schau«, sagte er.

Wir standen vor einem Gebäude, an dem von einem Pfahl eine grün gestrichene Strohpuppe baumelte.

»Was ist das?«, fragte ich.

»Das ist das Gasthaus zum Grünen Mann, wo ich meine Verabredung habe.«

Unbefangen trat Bär durch die Tür und ich folgte ihm auf den Fersen, obgleich ich ein wenig zögerte, da ich wusste, dass seine Geschäfte, wie er selbst gesagt hatte, nicht ungefährlich waren.

35

Wir betraten einen großen Raum, der von ein paar kleinen, an der Wand befestigten Talglichtern nur spärlich erleuchtet war. In der verräucherten Gaststube roch es nach abgestandenem Bier, altem Brot und saurem Wein. Unter einer niedrigen Balkendecke standen einfache Tische und Bänke in so großer Zahl, wie ich noch nie an einem Ort gesehen hatte. Der Fußboden bestand aus dicken Dielenbrettern, die mit schmutzigen Binsenmatten ausgelegt waren. Auf einer Seite war eine Art Theke, auf der hölzerne Krüge aufgereiht waren.

Dahinter stand eine große, üppige Frau in einem braunen, fettfleckigen Kittel. Auf ihren dunklen, mit grauen Strähnen durchzogenen Zöpfen bauschte sich eine weiße Leinenhaube, die schief nach einer Seite hing. Um die Hüfte trug sie einen Gürtel aus gläsernen Rosenkranzperlen, an dem ein Lederbeutel baumelte. Die Füße steckten in Holzpantinen. Ihr Gesicht mit den schlaff herunterhängenden Wangen war gerötet und ihre Nase war platt, als sei sie einmal gebrochen gewesen. Dabei strahlte sie eine unbändige Geschäftigkeit aus.

Als wir näher traten, kniff sie die Augen zusammen, um besser zu sehen. Bär baute sich in seiner ganzen Größe vor ihr auf, worauf sich ein herzliches Lächeln auf ihrem Gesicht breit machte, das nicht nur Freude, sondern auch einen vollständig zahnlosen Mund offenbarte.
»Bei den Wunden unseres Herrn«, schrie sie und stieß ein speichelsprühendes, lispelndes Lachen aus, »der Bär treibt sich wieder bei uns herum.«
»Das will ich meinen«, sagte Bär strahlend und breitete seine Arme aus, »meine liebe Witwe Daventry.«
Die beiden umarmten sich mitten im Raum.
»Willkommen in Great Wexly«, sagte die Frau und schob Bär von sich, um ihn von oben bis unten zu betrachten. »Ich habe mich schon gefragt, ob du wirklich kommen würdest. Aber du hast Wort gehalten.«
»Gnädige Frau«, sagte Bär lachend und verbeugte sich spöttisch, »ich halte immer mein Wort.«
»Aber ich befürchte, mein Herr, Ihr seid nicht gekommen, um mich zu freien«, sagte sie.
»Nun, das habe ich auch noch vor«, sagte er, worauf die Frau ihm, zu meiner Überraschung, mit geballter Faust einen harten Schlag auf die Brust versetzte, was ihn noch mehr zum Lachen anstachelte. Als sei das nicht genug, zog sie ihn auch noch am Bart und kniff ihn in die Wange. »Und was hast du alles angestellt, seit deinem letzten Besuch bei uns?«, fragte sie und lachte dabei so herzlich, dass auch ich ein Grinsen nicht unterdrücken konnte.
»Viele Abenteuer habe ich erlebt, das kannst du mir glau-

ben«, sagte er, »und eines davon steht hier.« Bär zeigte auf mich.
Die Frau drehte sich um und betrachtete mich argwöhnisch. »Ist das deiner oder hast du ihn in einer Suhle aufgelesen?«
Bär sah sich um, bevor er antwortete. Wonach er suchte, wusste ich nicht, denn außer uns dreien war niemand da.
»Gottes süße Gnade hat ihn mir zugeführt.«
»Wie das?«
»Wir lernten uns in einem verlassenen Dorf kennen. Er ist von zu Hause geflohen.«
»Tatsächlich?«, sagte die Frau und betrachtete mich mit neuem Interesse. »Aus welchem Grund?«
»Er ist auf der Suche nach der weiten Welt«, sagte Bär.
»Und was ist mit seinen Eltern?«
»Die sind beide schon in einer besseren Welt.«
»Also ein Waisenjunge. Und niemand sucht ihn?«, fragte sie und fand offensichtlich Gefallen an meiner Geschichte.
»Das ist eine andere Angelegenheit«, sagte Bär und runzelte die Stirn. »Aber nach den Gesetzen dieses Landes gehört er jetzt mir. Mein Lehrling. Und ein anstelliger Bursche obendrein.«
Sein Lob schmeichelte mir.
»Wie heißt du?«, fragte sie mich.
Ich sah zu ihr auf. »Ich heiße … Crispin.«
»Das ist ein vornehmer Name für einen dahergelaufenen Burschen«, sagte die Frau. »Aber, achte nicht auf meine Neckerei, Crispin. Bärs Freunde sind auch meine Freunde. Willkommen im Gasthaus zum Grünen Mann. Woher kommst du?«

Als ich mit meiner Antwort zögerte, sagte Bär: »Crispin, sag ihr, woher du kommst.«
»Aus Stromford.«
»Nie gehört«, sagte sie und zuckte die Achseln.
»Das Dorf gehört zum Besitz von Lord Furnival«, erklärte Bär.
»Lord Furnival«, sagte die Frau und wandte sich wieder Bär zu. »Weißt du schon das Neueste?«
»Dass Lord Furnival gestorben ist?«, sagte Bär.
»Ja. Vor zwei Wochen«, sagte die Frau.
Als Bär sich bekreuzigte, sagte ich: »Woher wisst Ihr das?« Ich wusste nicht, worüber ich mich mehr wundern sollte, dass er es gewusst oder dass er es mir verschwiegen hatte.
»Die schwarzen Tücher, die überall in der Stadt hängen«, antwortete er, »und die vielen Soldaten am Stadttor.«
»So ist das eben«, sagte die Frau, »wenn ein mächtiger Mann stirbt, gibt es immer Unruhe. Er starb in seinem Bett. An den Verletzungen, die er sich auf dem Schlachtfeld in Frankreich geholt hat. Ich nehme an, das wird deinen Geschäften nur förderlich sein«, fügte sie mit einigem Unbehagen hinzu.
»Witwe«, erwiderte er, »das sind nicht *meine* Geschäfte.«
Während ich den beiden zusah und zuhörte und mir klar wurde, dass sie mehr von Bär und seinen Plänen wusste als ich, verspürte ich einen Stich von Eifersucht.
»Wer wird sein Nachfolger?«, fragte Bär.
»Er hat keine legitimen Erben«, erzählte die Frau, »aber es heißt, es gebe einige uneheliche Kinder.«
»Und sein ganzer Besitz?«

»Der gehört jetzt seiner Witwe, Lady Furnival. Vorausgesetzt es kommt kein Bastard mit einer Armee im Rücken und erhebt Anspruch darauf. Oder sie heiratet. Doch das ist unwahrscheinlich. Sie gehört nicht zu der Sorte Mensch, die ihre neu gewonnene Macht leichtfertig abgibt. Sie begleitete Lord Furnival nie auf seinen Reisen, sondern blieb lieber an ihrem Hof. Du kennst doch diese weibische Redensart«, fügte sie mit einem Grinsen hinzu. »Ist die erste Ehe ein Geschenk des Himmels, kommt die zweite direkt aus der Hölle.«

Nach diesen Worten entstand eine unbehagliche Pause. Bär war angespannt. Ich verstand nicht, was genau vorgefallen war, musste aber daran denken, was Vater Quinel mir einmal bei der Beichte gesagt hatte: Ein Moment des Schweigens inmitten einer Unterhaltung kündigt den Engel des Todes an.

Ich erschauderte.

36

»Jetzt musst du aber endlich Platz nehmen und etwas trinken«, forderte die Witwe Bär auf. »Ich möchte alles wissen, was du seit deinem letzten Besuch in Erfahrung gebracht hast.«

Bär entspannte sich. »Sei so gut und bringe mir den Schlüssel zu meiner Dachkammer – der *besonderen* Kammer. Ich möchte den Knaben dort unterbringen. Dann können wir sprechen.«

Obgleich ich merkte, dass er mich loswerden wollte, folgte ich ihm ohne Widerspruch.

Er nahm den Schlüssel und führte mich die Stufen zum oberen Stockwerk hinauf. Nie zuvor war ich in einem Gebäude so weit nach oben gestiegen, ich musste mich an der Wand abstützen, um nicht aus dem Gleichgewicht zu geraten.

Dann gingen wir einen dunklen, schmalen Gang entlang, bis wir zu einer Tür kamen, die er aufschloss.

»Unsere Kammer«, sagte er, »geh hinein.«

Ich trat ein. In dem spärlichen Licht, das durch die geschlossenen Fensterläden fiel, erkannte ich einen kleinen

Raum mit alten Binsenmatten auf dem Boden, einem kleinen, niedrigen Tisch in der einen und einem großen Strohsack in der anderen Ecke. Ein drückender widerlicher Geruch nach Schweiß und abgestandenem Bier erregte bei mir, der ich daran gewöhnt war, im Freien zu leben, leichte Übelkeit.

Bär schüttelte den Strohsack auf.

»Bär?«

»Was ist?«

»Dieses Haus ... es ist so hoch. Kann es nicht ... einstürzen?«

Er sah mich einen Augenblick ungläubig an, dann brach er in sein typisches, lautes Lachen aus. »Keine Spur. Bestimmt nicht.«

An der Tür ertönte ein Klopfen und die Witwe Daventry trat ein. Sie trug eine Schüssel mit Fleisch und Brotstücken in einer dicken Soße, die sie, zu meiner Überraschung, mir anbot. Dankbar nahm ich sie.

»Dein Essen steht unten«, sagte sie zu Bär und ging. Mit überkreuzten Beinen setzte ich mich auf den Strohsack, die Schüssel auf dem Schoß, einen Hornlöffel in der Hand.

Als Bär seinen Dolch hervorholte und auf den Tisch legte, fragte ich: »Werden wir hier auftreten?«

»Ich denke kaum«, sagte er zu meiner neuerlichen Überraschung. »Wir werden uns nur kurz hier aufhalten. Aber jetzt möchte ich dir etwas zeigen.« Er ging zur Wand und tastete über die Bretter. »Das ist ein besonderes Zimmer. Meine Freundin dort unten gibt es mir immer.«

Unter dem Druck seiner Hände sprang eine Holzplatte aus

der Wand. »Das ist ein Versteck. Groß genug für uns beide, falls nötig.«
»Meint Ihr, wir brauchen es?«
»Bei allen Heiligen, ich bete darum, dass wir es nicht brauchen.«
»Bär«, sagte ich und sah ihm direkt in die Augen, »was ist Euer eigentliches Geschäft?«
Er lachte. »Als wir uns kennen lernten, wagtest du nicht einmal, nach meinem Namen zu fragen. Und jetzt siehst du mich geradeaus an und erdreistest dich, nach meinen Geschäften zu fragen. Haben wir uns verbessert oder verschlechtert?«
»Das müsst Ihr entscheiden«, sagte ich.
»Und was meine eigentlichen Geschäfte anbetrifft«, sagte er versöhnlich lächelnd, »ich bin ein Narr, weil ich schon vor meinem Tod im Himmel sein will.« Er ging zur Tür.
»Ich will hier nicht bleiben«, sagte ich, »es ist so eng und es riecht so.«
»Du tust, was ich dir sage.«
»Ja, Herr«, antwortete ich, wohl wissend, dass meine Worte ihn ärgerten. »Aber schließt wenigstens die Tür nicht ab.«
»In Ordnung«, sagte er. Dann schwieg er und ich dachte, er würde noch weitersprechen, aber er sagte nur: »Crispin, wenn dir dein Leben lieb ist, bleib hier, bis ich wiederkomme.« Mit diesen Worten verließ er mich.
Gekränkt aß ich und legte mich dann auf das Strohlager. Ich fühlte mich gar nicht wohl. Warum, fragte ich mich, muss ich hier in diesem stickigen Raum sein, während er tun kann, was ihm beliebt? Außerdem hatten die ersten Eindrücke von der Stadt meine Neugier geweckt. Und ich

besaß einen ganzen Penny. Es gab so viel zu sehen, aber Bär schien mich während unseres kurzen Aufenthalts in der Stadt in dieser Kammer festhalten zu wollen.
Eine Weile blieb ich, wo ich war, aber mit der Zeit wuchs mein Unmut immer mehr.
Schließlich stand ich auf, ging zur Tür und spähte hinaus. Da ich niemanden sah, beschloss ich, ein wenig in die Stadt zu gehen. Ich beabsichtigte zurückzukommen, bevor Bär mein Verschwinden bemerkt haben würde.
Gerade, als ich gehen wollte, sah ich Bärs Dolch auf dem Tisch liegen. Ich nahm ihn und versteckte ihn unter meinem Mantel. Hatte er mich nicht gelehrt, ihn zu gebrauchen? War dies nicht die Stadt, in der ich meine Freiheit erlangen sollte?
Leise schlich ich mich die Treppe hinunter und blieb auf halbem Wege stehen, um zu lauschen. Von irgendwo hörte ich die murmelnden Stimmen von Bär und der Witwe Daventry. Wo genau sie waren, konnte ich nicht feststellen.
Ich ging weiter abwärts, bis ich mir sicher war, dass niemand sich im Schankraum befand.
Am Fuß der Treppe entschied ich, besser nicht den Haupteingang zu nehmen, um nicht gesehen zu werden. Stattdessen wandte ich mich um und ging einen schmalen Flur entlang, an dessen Ende ich auf eine kleine Tür stieß.
Ich drückte sie auf und trat auf eine Gasse, aus der mir ein Ekel erregender Gestank entgegenschlug. Er rührte von den offenen Gruben her, die als Aborte dienten.
Ich hielt mir die Nase zu, schloss die Tür hinter mir und rannte los.

37

Es war mitten am Nachmittag, als ich den Grünen Mann durch die Hintertür verließ. Die Glocken hatten eben erst zur None, der dritten Nachmittagsstunde, geläutet. Ich rannte, bis ich die Hauptstraße erreichte, von dort schlenderte ich vergnüglich durch die Stadt und sah mich um.

Aufs Neue war ich von dem Durcheinander der zahllosen Menschen, Häuser und Waren überwältigt. In der Stadt schienen ein noch größerer Tumult zu herrschen, noch mehr Menschen unterwegs und noch mehr los zu sein als zuvor. Trotzdem fühlte ich mich mutig und meiner selbst sicher. Ich kann auch ohne Bär die Welt erforschen, dachte ich.

Ich stand auf der Straße und genoss das Stoßen und Drängen der Vorübergehenden. Gerade, als ich mir überlegte, welche Richtung ich einschlagen wollte, stürmte eine Schar kreischender, lachender Kinder an mir vorüber. Neugierig, wohin sie gingen und was sie vorhatten, rannte ich hinter ihnen her.

Sie rannten mal dahin, mal dorthin und waren plötzlich ge-

nauso schnell verschwunden, wie sie gekommen waren. Ich hatte keine Ahnung, wohin sie gegangen waren.
Ich war verblüfft, doch kein bisschen beunruhigt. Es gab so viel zu sehen und es behagte mir, weiterzubummeln und dieses und jenes, das meine Neugier weckte, und das war nicht wenig, zu betrachten. Meinen Penny gab ich bei einem Straßenhändler für ein Stück Weißbrot aus. Es schmeckte luftig und süß und ich musste kaum kauen, ehe ich es herunterschluckte, was ich überaus merkwürdig fand.
Nach einiger Zeit nahm ich mir ein Herz und verließ die gepflasterte Hauptstraße. Ich schlenderte durch Nebengassen, die sich als einfache, äußerst schmale Lehmwege erwiesen, in denen ein noch unerträglicherer Gestank herrschte als auf der Hauptstraße.
Die Wege wanden und schlängelten sich in alle erdenklichen Richtungen, ohne dass ich eine Logik darin erkennen konnte. Aber gerade nicht zu wissen, wohin ich ging, war für mich reizvoll. Wie wundersam und merkwürdig, dachte ich, sich aussuchen zu können, welchen Weg man gehen möchte. Was machte es schon aus, immer neu entscheiden zu müssen? In meinem Kopf herrschte ein angenehmes Durcheinander.
Und ich traf Menschen über Menschen aller Art. Manchen sah ich an ihrer Kleidung an, dass sie arm waren. Trotzdem mischten sie sich unter die anderen, die viel reicher wirkten, und niemand schien Anstoß daran zu nehmen.
Nach einiger Zeit fand ich mich auf der gepflasterten Hauptstraße wieder. Und dort sah ich eine Frau, die im Damensitz auf einem großen, schwarzen Pferd ritt, dessen Sattel und

Zaumzeug mit glänzendem Silber beschlagen waren. Die Dame trug einen schwarzen Umhang, trotzdem konnte ich ein Stück ihres Kleids sehen. Es war von schimmerndem Blau und mit goldenem Pelz eingefasst. Ihr Haar war unter einer rechteckigen, netzartigen Haube aus schwarzer gekräuselter Spitze verborgen. Ihre Füße steckten in spitzen, goldenen Schuhen. An ihren zierlichen Händen glänzten Juwelen. Und ihr Gesicht, das Gesicht einer älteren Frau, war bleich und vornehm und mir schien, als nehme es die Welt um sie herum gar nicht wahr. Als sie an mir vorüberkam, sah ich, dass sie ein Seidentüchlein an ihre Nase presste, als wollte sie den anstößigen Gestank der Straße abwehren. Ihre Nase zumindest wusste, wo sie sich befand.

Vor ihr her ging ein ganz in Schwarz gekleideter Knabe, über dessen Schultern ein kurzer blaugoldener Umhang lag. Er trug ein langes, glänzendes Horn aus Metall, von dem eine Fahne aus blauem und goldenem Stoff herabhing. Alle paar Schritte hob er das Horn an die Lippen und stieß eine Tonfolge aus, die das Nahen der Dame ankündigen sollte.

Sechs Männer begleiteten die Dame. Sie trugen an der Brust gepolsterte Mäntel mit bauschigen Ärmeln, die bis halb über ihre Hände reichten. Einer der Männer führte das Pferd der Dame. Zwei gingen auf je einer Seite und drei hinter ihr. Ihre Schwerter machten deutlich, dass sie die Leibwächter der Dame waren. Auch wenn sie nicht so kostbar gekleidet waren wie ihre Herrin, waren sie in ihren blaugoldenen Uniformen prächtig anzusehen. An ihren linken Ärmeln war ein schwarzes Band befestigt.

Für mich war dieser Aufzug höchst erstaunlich. Solchen Reichtum hatte ich noch nie gesehen. Es war wie ein Wunder.
Die Menschen auf der Straße machten eilig Platz, manche zogen ihre Mütze oder neigten ehrfurchtsvoll den Kopf. Einige sanken sogar auf die Knie, woraus ich schloss, dass sie eine sehr mächtige Persönlichkeit sein musste.
Doch als die edle Dame vorüber war, ging der Trubel weiter wie zuvor. Die Menschen liefen durcheinander, schlenderten umher, kauften und verkauften, als sei sie niemals da gewesen.
»Wer war das?«, fragte ich einen Knaben neben mir.
Er sah mich erstaunt an, als müsste ich es wissen. »Das war doch Lady Furnival.«
Ich drehte mich schnell nach ihr um, aber sie war verschwunden.

38

Benommen wanderte ich den ganzen Nachmittag umher und war wie gebannt von allem, was ich sah. Es war, als hätte sich meine Welt in Größe, Zahl und Reichtum vervielfältigt. Meine Augen schmerzten geradezu von all dem Wundersamen, das ich sah, und mein Herz hämmerte vor purer Erregung. Meine Unruhe darüber aber, dass ich allein in die Stadt gegangen war, schmolz deutlich zusammen.

Und dann, als ich schon dachte, ich hätte alles gesehen, was es zu sehen gab, kam ich auf den Hauptplatz der Stadt.

Rund um eine weite, offene Fläche, die größer war als ganz Stromford, standen die Häuser dicht gedrängt. Einige sahen neu aus, andere alt, manche waren aufrecht, andere krumm und schief. Beherrscht aber wurde der Platz von zwei sich gegenüberliegenden Gebäuden, von denen das größere eine Kirche – eine Kathedrale, wie ich später erfuhr – war, deren zahllose Türme zum Himmel ragten. Diese Türme, verbunden durch eine Konstruktion aus fließenden Bögen, waren mit unzähligen Verzierungen und Steinfiguren geschmückt, die wie lebendig aussahen. Zwischen den beiden mächtigen Vordertürmen spannte sich eine riesige Rosette aus Stein und buntem Glas. Darunter war der von Säulengängen und weiteren Steinfiguren gesäumte Haupteingang. Das ganze gigantische Bauwerk schien himmelwärts zu streben, als reckten die Steine selbst sich der Herrlichkeit Gottes entgegen.

Gegenüber der Kirche, auf der anderen Seite des Platzes, stand ein großes, dreistöckiges Gebäude aus Stein. Im Gegensatz zur Kirche schien dieses Gebäude nicht nach oben zu streben, sondern fest dem Boden verhaftet zu sein. Seine wuchtigen Ausmaße ließen auf seine weltliche Macht schließen.

Im Erdgeschoss befand sich ein breites Portal mit hölzernen Türflügeln, über denen ein mit einem Eisengitter versehener, offener Raum lag. Zu beiden Seiten des Tors waren kleine, ebenfalls vergitterte Fenster. Im nächsten Stockwerk aber – in beachtlicher Höhe – waren nebeneinander vier große, von Säulen und steinernem Maßwerk gefasste Fenster. Vor den Fenstern spannte sich ein Balkon, unter dem steinerne Löwenköpfe hervorragten. An mehreren Stangen hingen Fahnen mit verschiedenen blauen und goldenen Mustern. Andere Fahnen waren schwarz. Auch hier gingen Soldaten auf und ab. Im zweiten Stockwerk waren die Fenster kleiner.

Im Gegensatz zu der freistehenden Kirche war dieses Gebäude zu beiden Seiten von gewöhnlichen Häusern eingeschlossen.

Zwischen der Kirche und dem mächtigen Gebäude lag der

große Platz – der Marktplatz, wo sich Händler mit ihren Buden und Ständen drängten und eine unzählbare Fülle von Waren und Lebensmitteln feilboten.
Heerscharen von Käufern umschwärmten die Stände. Die meisten waren zu Fuß, einige jedoch schlängelten sich hoch zu Ross geschickt durch die Menge.
Ich schlenderte über den Platz und bestaunte das riesige Angebot, viele Dinge hatte ich noch nie zuvor gesehen: Kleider unterschiedlichster Art und Färbung, Pelze aus Russland, Dolche aus Toledo, Hüte aus Flandern, Handschuhe aus Italien, Körbe, Kisten und Koffer, Schuhe, Werkzeuge und Waffen. Und Lebensmittel und Gewürze gab es! Ich entdeckte sogar eine Schale voll Pfefferkörnern. Und überall klimperten Münzen und ratterten Abakus. Ich bereute, dass ich meinen Penny schon ausgegeben hatte.
Zaghaft näherte ich mich schließlich der großen Kirche. Zuerst stand ich eine Weile davor und überlegte, ob es mir erlaubt war, einzutreten. Ich fragte mich, wie es sein würde, an einem solchen Ort zu beten. Doch von der Größe abgesehen, waren es die vor dem Eingang patrouillierenden Soldaten, die mich zurückhielten. Allerdings schienen sie den vielen Menschen, die ein- und ausgingen, wenig Beachtung zu schenken. Als ich ein paar Kinder hineingehen sah, schlug ich das Kreuz und fasste mir ein Herz.
Tatsächlich sahen mich die Soldaten kaum an, als ich hineinging. Über dem Eingang befanden sich Standbilder von Maria und Jesus und Figuren anderer Heiliger, deren Namen ich nicht kannte. Ich nahm mir vor, mit Bär noch einmal hinzugehen, der sie mir sicher alle nennen konnte.

Als ich aber die Vorhalle durchquert hatte, stockte mir der Atem. Vor mir öffnete sich ein Raum von unendlicher Weite, Höhe, Tiefe und Breite. Nie hätte ich gedacht, dass es so etwas auf unserer Erde gibt. Überall flackerten Kerzen, die die Sterne vor Neid hätten erblassen lassen können. Durch die süßliche, rauchgeschwängerte Luft sah ich riesige Pfeiler, die in Schwindel erregende Höhen stiegen. Durch bunte Glasfenster ergoss sich ein vielfarbiges Licht, das den harten Steinboden in flüssige Farbseen zu tauchen schien. Chorgesang schwoll von irgendwo an und erfüllte diese himmlischen Höhen mit einem Klang, der mir wie das rhythmische Schlagen von Engelsflügeln vorkam. Mir war, als sei ich geradewegs ins Paradies getreten.
Unzählige Menschen drängten sich in der Kirche, liefen umher oder knieten im Gebet. Ich wagte nicht weiterzugehen, sank ebenfalls auf die Knie, faltete die Hände und sah mich einfach nur staunend um.
Wie ich so kniete, fiel mein Blick auf einen in besonders demütiger Haltung knienden Mann, der seine Hände fest zum Gebet gefaltet hatte. Obwohl er den gepolsterten Leinenrock der Soldaten trug, dazu rote Gamaschen und hohe Lederstiefel, kam er mir irgendwie bekannt vor. Nach einer Weile begann er sich umzusehen.
Als er sich umwandte, sträubten sich mir die Nackenhaare. Ich konnte kaum glauben, was ich sah, denn es war kein anderer als John Aycliffe, der Vogt von Stromford.
Nun bemerkte ich auch, dass er nicht allein war, sondern von Männern begleitet wurde, die die gleiche Uniform trugen wie die Wachen der hohen Lady.

Kaum hatte ich begriffen, wer dort vor mir kniete, drehte Aycliffe sich weiter um, und bevor ich noch recht zu Sinnen kam, hatte er sich ganz mir zugewandt.
Unsere Augen schienen sich aneinander zu heften, als könnte keiner von uns glauben, wen er da vor sich hatte. Es war wie damals im Wald von Stromford.
Doch dann stieß er einen Schrei aus und rief: »Dort!«, und zeigte auf mich. »Der Knabe! Der Vogelfreie! Er ist hier. Ergreift ihn!«
Die Männer drehten sich überrascht um, sahen, auf wen er deutete, und begannen, in meine Richtung zu laufen, wobei sie schrien und jeden umrannten, der ihnen im Weg stand.
Nun hatte ich meine Sinne wieder so weit zusammen, dass ich aufspringen und aus der Kirche rennen konnte. Draußen mischte ich mich unter die Leute und drängte mich duckend durch die Menge, um nur schnell fortzukommen.
Als ich den Platz hinter mir gelassen hatte, rannte ich weiter, ohne zu wissen, wo ich mich befand. Eine schmale Gasse folgte der anderen. Ich hielt mich an keine bestimmte Richtung und blieb auch nicht stehen, um mich umzusehen. Ich konnte nur noch daran denken, dass ich so schnell wie möglich zu Bär zurück musste.
Wie lange ich rannte, weiß ich nicht. Aber als ich durch eine besonders schmale Gasse stürzte, tauchte vor mir plötzlich ein Mann auf.
»Halt!«, schrie er und versperrte mir mit ausgebreiteten Armen den Weg.

39

Keuchend blieb ich stehen und wirbelte auf dem Absatz herum. Hinter mir aber war noch ein weiterer Mann aufgetaucht. Ich drückte mich an die Wand und tastete gleichzeitig nach Bärs Dolch.

Da die Männer von zwei Seiten auf mich eindrangen, konnte ich sie unmöglich beide abwehren. Ich bemerkte jedoch, dass der eine einen langen Stock, der andere ein Messer in Händen hielt.

»Lasst mich!«, schrie ich und hatte endlich Bärs Dolch aus der Scheide gezogen. Mein Herz hämmerte und meine Knie zitterten, aber ich hielt den Dolch, wie Bär mich gelehrt hatte.

Beim Anblick der Waffe zögerten meine Angreifer. Ich nutzte den Augenblick und machte einen plumpen Satz auf den Mann mit dem Stock zu. Dieser aber wich geschickt aus und ließ den Stock mit aller Wucht auf mein Handgelenk niedersausen. Vor Schreck und vor Schmerz ließ ich den Dolch fallen und schon im nächsten Augenblick wurde ich mit eiserner Hand von hinten festgehalten.

Ich trat um mich und stieß meinen Kopf nach hinten. Ein lautes Ächzen war zu hören und der Griff des Mannes lockerte sich etwas, so dass ich mich aus seinen Armen befreien konnte. Mit gesenktem Kopf zielte ich nun auf den Mann mit dem Stock und rammte ihm den Kopf in die Brust. Er fiel nach hinten.

Das genügte, um mich mit einem Sprung aus seiner Reichweite zu bringen und die Gasse hinunter zu flüchten. Ich bog in einen schmalen Weg ein, dann in noch einen und noch einen und wagte nicht, nach hinten zu schauen, ob die Männer mir folgten.

Ich weiß nicht, wie lange ich rannte. Schließlich aber blieb ich doch stehen und sah mich um. Da ich niemanden entdecken konnte, gestattete ich mir eine kurze Pause. Mein Herz hämmerte zum Zerspringen, mein Arm schmerzte, wo der Stock ihn getroffen hatte.

Ich versuchte zu begreifen, was überhaupt geschehen war. Ich verstand nicht, was der Vogt von Stromford in Great Wexly zu tun hatte. Aber eins war klar, anstatt mich von meinen Verfolgern, die mir den Tod wünschten, zu entfernen, war ich an einen Ort geraten, wo sie mir leicht eine Falle stellen konnten.

Ich war so außer mir, dass ich nicht einmal mehr glaubte, dass Bär mich beschützen könnte. Und außerdem hatte ich ihm nicht gehorcht. Das würde er mir bestimmt nicht verzeihen. Und hatte er mir nicht gesagt, ich sollte davonlaufen, wenn ich angegriffen würde?

Ich beschloss, die Stadt zu verlassen. Irgendwie wollte ich auf die andere Seite der Stadtmauer kommen und fliehen.

Wohin genau ich gehen wollte, wusste ich nicht, Hauptsache, ich entkam.

Schnell wurde mir aber klar, dass das leichter gedacht als getan war, denn ich hatte keine Ahnung, wo ich war und in welche Richtung ich gehen musste. Meine Verzweiflung wuchs von Minute zu Minute und ich sah mich um, um herauszufinden, wo ungefähr ich mich befand.

Als ich nach Great Wexly gekommen war, war ich von der Vielfalt dessen, was ich sah, überwältigt gewesen. Nun war es genau umgekehrt. In meiner Panik kam mir alles gleich vor. Und außerdem fürchtete ich, hinter jeder Ecke, hinter jeder Biegung würde einer meiner Feinde lauern.

Trotzdem, ich durfte nicht stehen bleiben. Meine Verfolger hatten bewiesen, dass sie die Stadt gut genug kannten, um mich aufzuspüren.

Vorsichtig schlich ich mich von einer Gasse zur nächsten, wobei ich ständig nach vorn und nach hinten spähte. Was die Sache erschwerte, war, dass ich, egal wohin ich ging, das Gefühl hatte, schon einmal da gewesen zu sein, als würde ich mich gar nicht vorwärts bewegen.

Aber dann hatte ich eine Idee: Bär hatte mir erklärt, die große Mauer bilde eine Kreis um die ganze Stadt. Wenn das stimmte – und ich hatte keinen Grund, daran zu zweifeln –, musste ich nur geradeaus in irgendeine Richtung gehen, um auf die Stadtmauer zu stoßen. Dort angekommen, würde ich ihr bis zu dem Tor folgen, wo wir hineingekommen waren. Dort wollte ich hinaus und mich in Sicherheit bringen.

Nun, da ich einen Plan hatte, ließ meine Anspannung etwas

nach und ich machte mich sofort auf den Weg. Ich rannte los, passte dabei aber ständig auf, nicht wieder neuen Angreifern in die Arme zu laufen. Immer wieder musste ich mich ermahnen, langsamer zu gehen.
Bald jedoch merkte ich, dass es unmöglich war, in dem Gewirr von Gassen und Straßen, geradeaus zu gehen. Ich kam mir vor wie in einem Labyrinth.
Trotzdem zwang ich mich weiterzugehen und nicht zu lang an einem Ort zu verweilen. Ich tastete mich an Mauern entlang und schlüpfte um Straßenecken, wobei ich mich fast kriechend fortbewegte.
Der Tag ging dem Ende zu. Das Zwielicht eines langen Sommerabends verblasste und ein kühler Nieselregen setzte ein. Bald war die Luft von trübem Nebel erfüllt, in dem die erleuchteten Fenster in den Häusern und die Fackeln oder Laternen gelegentlicher Passanten besonders hell erschienen.
Immer weniger Menschen waren unterwegs. Die Schatten wurden länger. Hin und wieder stolperten Männer vorbei, die zu viel getrunken zu haben schienen. Sonst waren nur noch die Geräusche hinter den geschlossenen Fensterläden zu hören, ein gelegentliches Lachen, ein zorniges Schimpfen oder das Schreien eines Kindes.
Schließlich sah ich vor mir die Stadtmauer. Hoch ragte sie über mir auf und schien mit dem düsteren Himmel zu verschmelzen. Die Mauer war nicht ebenmäßig, wie ich mir vorgestellt hatte, sondern von Häusern unterbrochen, die dicht an sie angebaut waren.
Trotzdem, ich war meinem Ziel ein Stück näher gekom-

men. Nun musste ich nur noch an der Mauer entlanggehen, dann würde ich zu dem Tor kommen, durch das Bär und ich die Stadt betreten hatten.
Wieder erwies sich mein Plan als ungenügend, denn die Mauer war nicht in einem einfachen Kreis gebaut, sondern zog sich in vielen Windungen dahin. Trotzdem ging ich weiter, bis ich auf eine breite, gepflasterte Straße stieß. Es war die Straße, auf der Bär und ich in die Stadt gekommen waren. Ich begann zu rennen.
Dann geschahen zwei Dinge fast zur gleichen Zeit: In der ganzen Stadt begannen die Kirchenglocken zu läuten und vor mir sah ich ein Tor, vor dem neun oder zehn Soldaten lungerten. Einige von ihnen hielten Fackeln in der Hand. Obwohl ich mir nicht sicher war, ob es dasselbe Tor war, durch das Bär und ich gekommen waren, beschloss ich weiterzugehen, denn es war auf jeden Fall ein Weg, der aus der Stadt führte.
Ich rannte auf das Tor zu. In diesem Augenblick wurden die großen Flügel von den Soldaten zugezogen. Ich konnte es kaum fassen. Entsetzt blieb ich stehen und sah, wie die Soldaten mächtige Balken herabließen und das Tor verriegelten. Dann legten sie auch noch Ketten und Schlösser vor, um das Tor richtig zu sichern.
Dies getan, schlenderten die Soldaten ihres Wegs, nur zwei blieben zurück.
Ich ging näher, damit sie mich sehen konnten. »Willst du hinaus?«, rief einer von ihnen.
»Ja … Herr«, sagte ich.
»Zu spät. Das Tor ist schon zu. Morgen früh zur Prim wird

es wieder geöffnet. Und jetzt geh. Die Sperrstunde hat schon begonnen. Du solltest längst zu Hause sein.«

Ich blieb stehen, wo ich war, und wusste nicht recht, was ich machen sollte.

»Verschwinde«, rief der Soldat. Ich drehte mich um und ging.

Die Nacht war hereingebrochen und der Regen war stärker geworden. Die Straßen – Moraste aus Unrat und Lehm – waren bis auf ein paar späte Bummler verlassen. Und selbst diese hatten es eilig und wollten zweifellos nach Hause, um nicht aufgegriffen und bestraft zu werden.

Jetzt kamen Tiere hervor – vor allem Schweine und Hunde, aber auch Ratten, die auf der Suche nach Nahrung im Dreck wühlten.

Mit fortschreitender Nacht wurden auch die Läden an den Häusern zugeklappt und so wurde es noch dunkler in den Straßen.

Hinter mir hörte ich plötzlich feste Tritte. Rasch drehte ich mich um und sah sechs Soldaten mit Helmen, Schwertern und Laternen die Straße entlangmarschieren.

Mit einem Satz rettete ich mich in einen schmalen Gang und spähte hinaus.

Als sie an mir vorbeigingen, rief einer der Soldaten: »Zeit für die Komplet! Die Sperrstunde hat begonnen. Niemand darf auf die Straße!«

Ich zuckte zurück und lauschte dem leiser werdenden Geräusch ihrer Schritte und Rufe.

Es war Nacht und die ganze Stadt schien zu schlafen. Der Himmel war schwarz und es regnete immer noch. Nass und verzweifelt wanderte ich weiter und suchte ein Plätzchen, wo ich mich verbergen könnte. Ich hoffte, irgendwann auf den Grünen Mann zu stoßen. Das einzige Geräusch, das ich hörte, war das Glucksen meiner Schuhe im Matsch und auf dem nassen Straßenpflaster. Ich wagte kaum zu atmen.

Dann hörte ich ein Geräusch von rennenden Füßen. Ich presste mich an eine Hauswand und spähte um die Ecke. Eine Gruppe von Männern mit hoch erhobenen Fackeln eilte vorbei. Im Schein der Fackeln erkannte ich ihre blau-goldenen Uniformen. Es waren die gleichen Uniformen, die die Wachen von Lady Furnival getragen hatten. Aber es waren die Männer des Vogts von Stromford.

Wie war das möglich?

Da erinnerte ich mich an etwas, das der Fremdling damals im Wald gesagt hatte: Aycliffe sei ein Verwandter von Lady Furnival.

Ich wollte meine Lage neu überdenken, fürchtete jedoch, zu viel Zeit zu verlieren. Also schlich ich mich zurück und huschte in eine Gasse, die so eng war, dass ich die Mauern zu beiden Seiten mit ausgestreckten Armen hätte berühren können. Auf halbem Weg durch die Gasse ragte plötzlich vor mir eine unförmige Gestalt auf, die, eine verhangene Laterne in der Hand, auf mich zu taumelte.

Ich blieb stehen, drehte mich um und begann in die entgegengesetzte Richtung zu rennen, als ich ein dröhnendes »Crispin! Halt!« hinter mir hörte.

40

Vor Entsetzen, meinen Namen zu hören, blieb ich stehen und drehte mich um. Der Mann war näher gekommen, da ich aber sein Gesicht nicht sehen konnte, wich ich zurück.

Erst als er, diesmal zorniger, rief: »Crispin, du Hundesohn«, merkte ich, dass es Bär war.

Mein Herz zersprang fast vor Erleichterung. Ich rannte zu ihm, warf mich ihm zu Füßen und umschlang seine Knie.

»Wo, zum Teufel, bist du gewesen?«, sagte der große Mann und stellte die Laterne auf den Boden. Er machte mich los, dann legte er mir seine breiten Hände auf die Schultern und hieß mich aufstehen. Gleichzeitig ließ er sich auf die Knie nieder, so dass wir einander in die Augen blickten.

»Bär …«, stammelte ich. Ich schlang meine Arme um ihn und presste mich wie ein Vögelchen, das ins Nest zurückgefunden hat, so fest an seinen bärtigen Hals, dass ich kein weiteres Wort hervorbrachte.

»Crispin«, schimpfte er, »ich habe den ganzen Nachmittag gewartet, dass du zurückkommst. Hast du mich so schnell vergessen? Ist das deine Art, Dankbarkeit zu zeigen? Ich sollte dich übers Knie legen.«

»Ich habe es nicht so gemeint. Ich habe mich verirrt. Und ich wurde überfallen.«

»Überfallen?«, fragte er und machte mich los, um mir ins Gesicht zu sehen. »Von wem?«

»Von den Männern des Vogts.«

»Welchem Vogt?«

»Von Stromford. John Aycliffe. Er hat mich verfolgt«, erzählte ich aufgeregt. »Ich sah ihn in der großen Kirche, aber er sah mich auch und jagte gleich seine Männer auf mich. Und, Bär, mir ist etwas eingefallen. Er ist ein Verwandter von Lady Furnival. Sie habe ich auch gesehen. Ihr habt doch gesagt, Great Wexly sei der Hauptsitz der Furnivals und Stromford gehöre zu ihrem Besitz. Jetzt, nach dem Tod des Lords, muss sie Aycliffe herbestellt haben.«

»Das habe ich befürchtet.«

»Warum habt Ihr es mir verschwiegen?«

»Ich wollte der Sache möglichst aus dem Weg gehen.«

»Meine Hand tut so weh, wo sie mich geschlagen haben.«

»Dann musst du wohl auf den Füßen nach Hause gehen«, meinte er grinsend.

Mit diesen Worten drehte er sich um und machte sich durch Nebenstraßen und dunkle Gassen auf den Weg. Das Licht seiner Laterne drang kaum durch die Dunkelheit und den Regen.

»Als ich mich verteidigen wollte, habe ich Euren Dolch verloren«, sagte ich nach einer Weile.

»Ich bin sicher, du hast ihn gut genutzt.«

»Bär?«, sagte ich nach einer Pause.

»Was gibt's?«

»Gott segne Euch.«

»Und dich auch«, gab er brummend zurück.

Erst als wir sicher im Gasthaus der Witwe Daventry angekommen waren, wagte ich wieder ruhig durchzuatmen. Ich sah mich um. Der Schankraum war leer.

»Bär, Ihr müsst mir sagen, was ich tun soll, wenn …«

Die Witwe kam herein und Bär hob seine Hand, um mich zum Schweigen zu bringen.

»Ah«, sagte sie, »du hast ihn gefunden.«

»Er ist umhergestreift und hat sich verirrt«, erklärte Bär, ohne den Überfall zu erwähnen.

»Haben die Nachtwächter dich gesehen?«, fragte sie mich.

»Ich glaube nicht.«

»Gut.« Sie richtete sich auf. »John Ball ist eben angekommen.«

»Wo ist er?«, fragte Bär.

»In der Küche. Er wollte essen.«

»Gut. Ich bringe den Knaben auf sein Zimmer. Kannst du ihm etwas zu essen bringen? Und ein paar trockene Kleider?«

»In Ordnung«, sagte die Frau und verschwand.

Bär ließ mich im Unklaren, was sein Gespräch mit der Witwe zu bedeuten hatte, und ging mit mir auf unser Zimmer. Dort stellte er die Laterne auf dem Tisch ab und befahl mir, mich auf den Strohsack zu legen. Ich tat wie geheißen und Bär setzte sich neben mich, aber er sprach nicht mit

mir, sondern schien in Gedanken versunken. Trotzdem fühlte ich mich getröstet.
Die Witwe Daventry streckte den Kopf zur Tür herein.
»Er wird allmählich ungeduldig«, sagte sie.
»Das war er schon immer«, murmelte Bär, »ich komme.«
Die Frau ging. Bär stand auf und trat zur Tür.
»Iss dein Brot und dann schlaf.«
»Und Ihr verzeiht mir wirklich?«
»Da gibt es nichts zu verzeihen. Manchmal vergesse ich einfach.«
»Ihr vergesst was?«
»Wie wenig du weißt.«
Ohne ein weiteres Wort ging er hinaus.
Ich war allein und wusste nicht, was ich denken sollte. Aber nach allem, was mir widerfahren war – und nachdem er mich gesucht hatte –, konnte ich unmöglich an ihm zweifeln.

41

Ich saß auf dem Strohsack und aß das Brot. Dann wollte ich ein Dankgebet für meine sichere Rückkehr sprechen. Ich nahm den Beutel von Peregrine, der Heilerin, und zog das Bleikreuz meiner Mutter hervor. Leise begann ich zu beten.

Wie üblich betete ich für die toten Seelen meiner Mutter und meines Vaters. Und diesmal fügte ich auch Bärs Namen denen hinzu, für die ich Schutz erbat.

Danach legte ich mich wieder auf den Strohsack und dachte über die Geschehnisse dieses Tages nach, die ich noch kaum begreifen konnte.

Dann lauschte ich dem Trommeln des Regens und hoffte, es würde mich in den Schlaf lullen. Aber meine Gedanken wanderten immer wieder zu diesem Mann, mit dem Bär sich traf, John Ball. Ich fragte mich, ob er ein Teil des Rätsels war, das mich umgab, und warum Bär ihn vor mir geheim hielt.

Von Neugier getrieben stand ich auf und kroch zur Tür hinaus in den dunklen Flur. Ich kam zur Treppe und schlich mich leise hinunter, wobei ich mich an der Wand abstützte, um das Gleichgewicht nicht zu verlieren. Auf halbem Weg nach unten blieb ich stehen und sah in den schwach erleuchteten Schankraum.

Bär saß mit dem Rücken zu mir an einem Tisch. Neben ihm stand die Witwe Daventry und ihm gegenüber saß ein Mann, vermutlich John Ball.

Im Vergleich zu Bär war der Mann eher klein, hatte jedoch, soweit ich es erkennen konnte, kräftige Gesichtszüge, eine große Nase, tief liegende Augen und einen ernsten Mund. Sein braunes Gewand und seine Tonsur wiesen ihn als Mann der Kirche aus.

Das überraschte mich, hatte Bär mir doch erzählt, dass er wenig Vertrauen zu Pfarrern habe.

»... und die Lehrlinge in der Stadt«, hörte ich Bärs Stimme, »was ist mit denen?«

»Sie denken genauso«, sagte John Ball. »Sie sind ebenso aufgebracht. Die ewigen Kriege in Frankreich, die Steuern und die hohen Gebühren, das alles macht ihnen genauso schwer zu schaffen wie einem Bauern oder jedem anderen Mann. Sie wollen – brauchen – bessere Löhne und ein Ende der Zunftherrschaft.«

»Das mag sein«, sagte Bär, »aber nach allem, was ich auf meinen Reisen gehört und gesehen habe, werden sie sich jetzt noch nicht erheben.«

»Das werden sie, wenn sie ihre angestammten Rechte und Freiheiten einfordern können«, sagte Ball. »Und mit Gottes gerechter Hand«, er erhob seine Faust, »wird es meine Bestimmung sein, sie zu führen.«

»Dann solltet Ihr besser warten, bis König Edward gestorben ist«, sagte Bär.
»Wann wird das sein?«
»Bald.«
»Seid Ihr sicher?«
»Ganz London und auch der Hof in Westminster spricht von nichts anderem.«
»Und wer wird auf den Thron folgen?«, fragte John Ball.
»Vielleicht sein Sohn, der Herzog von Lancaster.«
»Der verhassteste Mann in ganz England. Das würde uns helfen.«
»Aber der eigentliche Erbe auf den Thron«, fuhr Bär fort, »ist der Enkel des Königs, Richard von Bordeaux.«
»Das Kind?«, sagte John Ball. »Umso besser. Das würde das Königshaus zusätzlich schwächen.«
»Warum haltet Ihr einen Aufstand hier zu diesem Zeitpunkt für günstig?«, hörte ich Bär fragen.
»Lord Furnival ist tot«, sagte John Ball, »es herrscht eine allgemeine Verunsicherung. Lady Furnival hat alle Verwalter seiner Güter zu sich rufen lassen. Ohne einen Erben ist sie verwundbar.«
»Hört mir gut zu, John Ball«, sagte Bär. »Es ist nicht meine Aufgabe, Euch zu sagen, was zu tun ist. Aber wenn wir von den Erben von Furnival sprechen, muss ich Euch etwas Wichtiges mitteilen, das ich auf meiner Reise erfahren habe.«
Er sprach so leise weiter, dass ich seine Worte nicht verstehen konnte.
Aber ich hatte genug gehört und zog mich auf mein Zimmer zurück.

Es bestand kein Zweifel, Bär war an der Vorbereitung eines Aufstands beteiligt. In Stromford bedeutete allein das Reden darüber den Tod durch den Strang. Was würde geschehen, wenn Bär entdeckt würde? Zudem schien er nicht nur ein einfacher Jongleur zu sein, sondern auch eine Art Spion.
Ich wälzte mich auf meinem Strohsack hin und her, bis ich zu dem Schluss kam, es sei frische Luft, die mir fehlte. Ich stand auf, stieß den Fensterladen ein Stück auf und spähte zur Straße hinunter. Zuerst dachte ich, sie sei menschenleer. Doch dann machte ich in einiger Entfernung eine Gestalt aus, die im Schatten eines überhängenden Gebäudes stand.
Ich überlegte, ob ich die Treppe hinabgehen und Bär Bescheid sagen sollte. Aber ich blieb, denn diesmal wollte ich tun, wie mir geheißen war.
Ich legte mich wieder aufs Stroh und wollte aufbleiben, bis Bär zurückkäme, um ihm zu sagen, was ich gesehen hatte.
Aber der Tag war lang und aufregend gewesen und ich schlief, trotz meines Vorsatzes, ein.

42

Am nächsten Morgen weckte mich das ohrenbetäubende Getöse der Glocken. So laut, so wild dröhnten sie, dass ich einen Augenblick lang glaubte, der Tag des Jüngsten Gerichts sei angebrochen. Doch dann fiel mir ein, dass ich mich in der Stadt Great Wexly befand, in der es viele Kirchen gab, und dass an diesem Tag das Johannisfest gefeiert wurde. Trotzdem war es seltsam, in einem geschlossenen Raum zu erwachen. Die Luft war abgestanden und durch die Ritzen des Fensterladens drang nur dürftig das Licht. Der Schmerz in meinem Handgelenk war verschwunden, nur ein blauer Fleck erinnerte noch an den Überfall.

Ich drehte mich zu Bär und wollte ihm von dem Mann berichten, den ich in der Nacht vor dem Gasthaus gesehen hatte. Er aber, der fast das ganze Strohlager eingenommen hatte, schlief fest weiter.

Aus Langeweile pflückte ich Flöhe aus dem Stroh und zerquetschte sie zwischen meinen Fingern, und als Bär immer noch nicht aufwachte und ich immer ruheloser wurde,

schlich ich mich aus dem Zimmer und ging die Treppe zum Schankraum hinab.
Auf halbem Weg blieb ich stehen. Intensiver Weindunst mischte sich mit dem heimeligen Duft frisch gebackenen, warmen Brotes. Durch die offene Tür fiel helles Licht. Der Regen hatte aufgehört.
In dem überfüllten Schankraum drängten sich Händler und Bauern, Männer in Uniform und ein paar Weiber. Die meisten trugen dunkelbraune, grobe Kleider, aber es gab auch ein paar sehr elegant Gekleidete in bunten Gewändern mit Pelzbesatz. Neben Mänteln und Kapuzen gab es Hüte in unvorstellbar vielen Formen und Farben.
Die Leute tunkten große Stücke Brot in ihre Weinschalen, schlangen es hinunter und eilten wieder hinaus. Alle sprachen so laut und schnell, dass ich kaum ein Wort erhaschen konnte. Hauptsächlich schien vom Markt die Rede zu sein und was für ein schöner Tag es sei.
Über allem herrschte die Witwe Daventry, deren Stimme alle anderen übertönte. Sie versorgte die Tische mit Brot und Schalen mit Wein, versetzte dann und wann einem der Männer einen Faustschlag oder teilte mit spitzer Zunge Beschimpfungen aus und kassierte nebenbei das Geld – das Brot kostete einen Penny, der Wein ebenso.
Während ich dabei zusah, kamen immer mehr Menschen herein, setzten sich an einen der Tische und aßen. Inmitten der Menge streunten räudige Hunde umher und ich entdeckte sogar ein Schwein, das grunzend die Reste fraß, die von den Tischen gefallen waren. Niemand schien darauf zu achten oder sich daran zu stoßen.

Einmal bemerkte ich einen jungen Mann hereinkommen, er blieb unter der Tür stehen und ließ sein Auge über die Menge schweifen. Ich sage *Auge*, denn ich erkannte in ihm sogleich den Einäugigen, den wir in dem ersten Dorf, wo Bär und ich gemeinsam aufgetreten waren, gesehen hatten. Sofort wich ich ein paar Stufen nach oben zurück.

Sein Rundblick währte jedoch nicht lang, bald drehte er sich wieder um und ging.

Ich erinnerte mich daran, dass Bär erzählt hatte, die Leute kämen von nah und fern zu diesem Markt. Trotzdem fragte ich mich, ob es wirklich Zufall war, dass er im Grünen Mann aufgetaucht war. Ob er mich suchte? Oder Bär?

Ich eilte in unser Zimmer, um Bär von meiner Beobachtung zu berichten, aber dieser schlief immer noch. Ich wagte nicht, ihn zu wecken, und kehrte auf meinen Beobachtungsposten zur Treppe zurück. Während ich dort saß, konnte ich mich des Gefühls nicht erwehren, dass sich etwas Gefährliches über uns zusammenbraute. Ich musste an die Schlingen denken, mit denen Bär die Vögel gefangen hatte: eine unsichtbare Schlaufe, die immer enger gezogen wurde, bis die ahnungslosen Vögel gefangen waren. Vielleicht waren jetzt wir solche Vögel.

43

Ich weiß nicht, wie lang ich dort gesessen hatte, als die Witwe Daventry mich bemerkte. Erst starrte sie mich an, als sähe sie mich zum ersten Mal.

»Da bist du ja, Bursche«, rief sie, ohne mich beim Namen zu nennen, obwohl sie ihn genau wusste, »du sollst doch in die Küche.«

Ich wunderte mich, denn ich war mir ganz sicher, dass mir das niemand gesagt hatte. Trotzdem stieg ich ohne Widerrede die Stufen hinab. Hastig nahm sie mich am Arm und zog mich fort. Ein paar Männer riefen ihr nach und fragten, wer ich sei, aber sie gab keine Antwort.

»Wo ist Bär?«, fragte sie, als wir das Hinterzimmer betraten.

»Er schläft.«

»Niemand darf dich hier sehen«, sagte sie. »Hat er dir das denn nicht gesagt?«

Ich antwortete nicht und nahm an, dass Bär ihr von dem Überfall erzählt hatte und sie mich schützen wollte. Wenn Bär ihr vertraut, kann ich ihr ebenfalls trauen, dachte ich bei mir.

Ich sah mich um. Überall in der Küche lagerten Lebensmittel. Auf einer Seite standen große Fässer, die, nach dem Geruch zu urteilen, Wein oder Bier enthielten. Auf der anderen Seite stand ein gemauerter Ofen. Auf Regalen an den Wänden lagen Brotlaibe und fertige Speisen, die so köstlich dufteten, dass mir das Wasser im Mund zusammenlief.

»Pass auf, dass die Pasteten nicht anbrennen«, sagte die Frau und reichte mir ein langes, schaufelartiges Gerät aus Holz. »Die fertigen kommen hierher.« Sie zeigte auf die Regale, dann auf eine hölzerne Truhe. »Und dort liegen Brote, die noch gebacken werden müssen.«

Bevor sie hinauseilte, sagte sie streng: »Und rühr dich nicht vom Fleck.«

Ich spähte in den Ofen mit den Pasteten. Ich schob das Gerät hinein, das sie mir gegeben hatte, und holte ein paar heraus. Da sie aber noch nicht so braun waren wie die auf dem Regal, schob ich sie wieder hinein.

Ich wartete, legte ab und zu etwas Holz nach und sah mich um. Ich staunte über die Mengen von Speisen. Von einem Haken an der Decke hing ein mit Fliegen übersätes Stück Fleisch, so groß, wie ich noch nie eins gesehen hatte. Von der Decke hingen Kräuterbüschel – ich erkannte Petersilie, Salbei und Rosmarin –, außerdem Zwiebeln und Lauch. Auf Regalen lagerten Rüben und Kohlköpfe und Körbe voll Getreide. Überall standen tönerne Krüge und Schüsseln mit ich weiß nicht was darin und jede Speise hatte einen anderen Geruch, manche rochen angenehm, andere widerlich.

Nach einiger Zeit sah ich wieder in den Ofen. Die Pasteten waren nun gleichmäßig gebräunt. Eilig holte ich sie heraus

und versuchte, sie auf das Regal zu den anderen zu legen. An einer Pastete verbrannte ich mir die Hand und ließ sie auf den Boden fallen, wo sie zerbrach.
Erschreckt hob ich die Stücke auf und versuchte vergeblich, sie wieder zusammenzusetzen. Dann sah ich mich um, wo ich die Trümmer verstecken konnte, da ich aber nichts fand, verschlang ich die Stücke wie ein ausgehungerter Hund.
Obwohl ich die Pastete vor lauter schlechtem Gewissen hastig hinunterschluckte, konnte ich kaum glauben, wie lecker und fein sie schmeckte. Sie war mit würzigen Dingen gefüllt, die ich noch nie zuvor gegessen hatte und deren Namen ich nicht kannte. Und da sie frisch aus dem Ofen kam, füllte sie mich mit einer angenehmen Wärme.
Geschäftig kam die Witwe Daventry herein. »Hast du die Pasteten herausgenommen?«
Beschämt sagte ich: »Ich habe sie auf das Regal gelegt.«
Sie prüfte sie, dann sah sie mich an. »Bis auf die, die du gegessen hast.« Sie öffnete eine Holztruhe und nahm fünf rohe Brotlaibe heraus. »Die müssen gebacken werden, aber iss nichts davon«, befahl sie und eilte wieder hinaus.
Verlegen tat ich wie geheißen und war diesmal viel vorsichtiger. Doch ich gestehe, dass die Erinnerung an den köstlichen Geschmack der Pastete noch lange in meinem Mund verweilte.
Nach einiger Zeit kam die Witwe zurück. »Komm mit«, sagte sie und führte mich in den Schankraum, der nun menschenleer war. Nur auf dem Boden lagen noch Reste vom Brot und auf den Tischen standen meist leere Krüge.

»Sammle die Krüge ein und bringe sie zur Theke«, befahl sie.

Ich gehorchte. Sie nahm sie und goss die Reste auf den Boden.

Wir arbeiteten schweigend. Sie wirkte angespannt. Aber dann sagte sie, als hätte sie eine Weile über mich nachgedacht: »Crispin, es tut mir Leid, dass du in solchen Schwierigkeiten steckst, aber einen besseren Herrn als Bär findest du nicht. Beim barmherzigen Gott, sorge du dafür, dass er seiner wahren Berufung als Jongleur und Musikant nachgeht. Er soll sich nicht mit Leuten abgeben, die Ärger bringen könnten. Denn«, sie sah mich an, als müsste ich wissen, was sie meinte, »wenn du ihm nicht hilfst, könnte es für euch beide gefährlich werden.«

44

Endlich erschien Bär. Er polterte die Treppe hinunter und verlangte mürrisch nach seinem Frühstück. Die Kappe mit den zwei Zipfeln hatte er noch nicht aufgesetzt.

»Crispin«, sagte er, als er mich mit dem Besen in der Hand sah, »gut, dass du hier Arbeit gefunden hast, denn die Witwe verlangt zwei ganze Pennys pro Tag für unsere Verpflegung. Wo ist die gute Dame überhaupt?«

»In der Küche.«

»Sei so gut und hole sie.«

Ich tat wie geheißen und sie ließ mich sogleich zwei Fleischpasteten und einen Krug Bier für Bär auftischen.

»Ach, gute Witwe«, sagte dieser grinsend, »ich bin ja so froh, dass der Bursche unsere Rechnung abarbeiten kann. Unser geliebter Herr Jesus weiß, wir alle müssen unser Brot durch ehrliche Arbeit verdienen.«

»Du ganz bestimmt«, sagte sie.

»Sicher«, sagte er und legte seine Hand auf sein Herz. »Aber heute Vormittag muss ich mich um andere Dinge

kümmern. Dieser Knabe darf nicht wieder auf die Straße hinaus. Sei so gut und beschäftige ihn ein bisschen, damit er unsere Schuld verringern möge.«
Witwe Daventry sah nicht sehr erfreut aus und wischte sich die Hände an ihrem Rock ab. »In der Küche gibt es immer Arbeit. Komm zu mir, wenn er fertig gegessen hat«, sagte sie zu mir und ging hinaus. Unter der Tür blieb sie noch einmal stehen. »Triffst du dich wieder mit John Ball?«, fragte sie.
»Du weißt doch, Witwe«, erwiderte Bär mit einem warnenden Blick in meine Richtung, »Reden ist Silber, Schweigen ist Gold.«
Sie schaute stumm zurück und ließ uns allein.
»Crispin«, sagte Bär zwischen einzelnen Bissen und Schlucken zu mir, »neben deiner Arbeit darfst du die Musik nicht vergessen. Aber übe in unserer Kammer, deine Katzenmusik verscheucht sonst noch die Gäste.«
Er senkte die Stimme, so dass nur ich ihn verstehen konnte. »Und nach der None, wenn meine Geschäfte getan sind, werden wir zwei Great Wexly verlassen.«
»Das möchte ich auch«, sagte ich erleichtert. »Aber kann ich nicht schon jetzt mit Euch gehen?«
»Das ist allein meine Angelegenheit. Außerdem bist du hier sicherer.«
»Ich glaube, wir werden beobachtet«, sagte ich.
»Wie meinst du das?«
»Erinnert Ihr Euch an das erste Dorf, in dem wir gemeinsam auftraten? Ihr triebt Schabernack mit einem einäugigen Mann.«

»Wirklich? Und wie?«

»Er ärgerte sich, weil Ihr mit seinem Krug jongliert habt. Und dann folgte er uns in die Kirche und hörte zu, als der Pfarrer uns von dem Knaben erzählte, der Vater Quinel ermordet hat. Und als von dem Kopfgeld die Rede war, sah er mich genau an. Und, erinnert Ihr Euch, Ihr sagtet, wir gingen auf Johannis in die Stadt.«

»Du hast gut aufgepasst«, sagte Bär und konzentrierte sich weiter auf sein Essen. »Also, was ist los?«

»Dieser junge Mann kam heute zur Tür des Grünen Mannes, sah sich um und ging wieder fort.«

»Bist du sicher?«

Ich nickte.

»Hat er dich gesehen?«

»Ich glaube nicht.«

Bär runzelte die Stirn. »Falls er ein Spion ist, stellt er sich sehr ungeschickt an. Und falls er wirklich hinter dir her sein sollte, müssen wir uns keine Sorgen machen. Meine Geschäfte hier sind bald erledigt. Du bleibst hier und zeigst dich niemandem, bis wir gehen.«

»Aber Bär, ich glaube, ich habe gestern Nacht auch jemanden auf der Straße gesehen.«

»Denselben Mann?«

»Das konnte ich nicht erkennen.«

»Crispin, dafür, dass du nichts von der Welt wahrhaben wolltest, als wir uns das erste Mal begegneten, nimmst du jetzt vielleicht etwas zu viel wahr.«

»Ihr habt mich beschützt«, sagte ich, »und jetzt kann ich vielleicht Euch beschützen.«

Bär sah mich an und grinste. »Das ist eine schöne Vorstellung. Wenn ich einmal alt bin, werde ich darauf zurückkommen. Aber jetzt mach dir keine Sorgen.«
Nachdem Bär sein Essen verschlungen und in einem großen Zug das restliche Bier hinuntergeschluckt hatte, wischte er sich mit dem Handrücken über den Mund und erhob sich.
»Denk daran«, sagte er, »diesmal musst du hier bleiben.«
Darauf verließ er ohne ein weiteres Wort den Schankraum. Ich folgte ihm bis zur Tür und sah ihn die überfüllte Straße hinuntergehen.
Allein ihn fortgehen zu sehen machte mich unruhig, vor allem, als ich den Einäugigen bemerkte, der auf die Straße hinaustrat und ihm nachblickte.
Er war nicht allein. Ein Mann in der blaugoldenen Uniform der Furnivals war bei ihm. Und dann zeigte der Einäugige auch noch in die Richtung, die Bär eingeschlagen hatte.
Für mich bestand kein Zweifel: Der junge Mann war hinter Bär her, nicht hinter mir.
Trotzdem duckte ich mich schnell hinter die Tür, als der Einäugige sich in meine Richtung wandte. Ich weiß nicht, was er getan hätte, hätte er mich gesehen, denn ich stürzte zur Hintertür in die Gasse hinaus und rannte los. Bei der nächsten Gelegenheit bog ich in die Hauptstraße ein und rannte in die Richtung, die Bär genommen hatte. Ich musste ihn warnen.

45

Schon im nächsten Augenblick entdeckte ich Bär. Durch seine Größe und seinen glänzenden Kahlkopf konnte ich ihn leicht im Auge behalten. Er ging mit ausholenden Schritten die Hauptstraße entlang und ich konnte ihm in einiger Entfernung unbeobachtet folgen.
Am Johannistag, einem Markttag, drängten sich noch mehr Menschen auf den Straßen von Great Wexly als am Tag zuvor. Alle Straßen und Gassen waren überfüllt und es herrschte ein ohrenbetäubender Lärm.
Da ich allen Grund hatte, nicht entdeckt zu werden, war ich froh über die vielen Menschen, vor allem, als ich Soldaten sah. Ich wusste nicht, ob sie nach mir oder nach Bär Ausschau hielten oder bloß die Ordnung wahrten. Ich wusste nur, dass ich ihnen aus dem Weg gehen musste.
Vielleicht hatte Bär sie auch gesehen, denn mit einem Mal bog er in eine schmale Seitengasse ein. Ich ging ihm nach. Hier wurde meine Verfolgung schwieriger, weil er seine Schritte beschleunigte und sich mal hierhin, mal dorthin wandte, als wüsste er, dass ich ihm auf den Fersen war. Ein-

oder zweimal dachte ich, ich hätte ihn verloren, doch dank seiner Größe entdeckte ich ihn immer wieder.
Auf diese Art ging es einige Zeit, bis er plötzlich in einem Hauseingang verschwand.
Es war ein großes, dreistöckiges Holzhaus, dessen obere Stockwerke weit in die Gasse hineinragten. Im Erdgeschoss, zur Straße hin, befand sich ein großes Fenster mit geschlossenen Läden.
Über dem Eingang hing ein Schild, auf dem ein Stiefel aufgemalt war. Daraus schloss ich, dass dort Stiefel und Schuhe hergestellt und verkauft wurden.
Zunächst blieb ich ein Stück zurück und beobachtete den Eingang, um zu sehen, ob Bär wieder herauskam. Er kam nicht, jedoch gingen einige andere Männer hinein, die sich, wie ich meinte, verstohlen umsahen, als ob auch sie befürchteten, entdeckt zu werden.
Ich verspürte ein Unbehagen, weil ich Bärs Anweisungen ein zweites Mal missachtet hatte und womöglich seinen Zorn erregen würde. So beschloss ich, draußen zu bleiben und nach dem Einäugigen, nach Soldaten oder den Männern in den blaugoldenen Uniformen Ausschau zu halten. Doch unter den vielen Menschen, die hier vorüberkamen, entdeckte ich niemanden, der meine Sorge genährt hätte.
Gerade als ich weitergehen und einen Blick durch die Ritzen der Fensterläden werfen wollte, tauchte noch jemand vor dem Haus auf. Der Mann war klein und trug einen weiten, dunklen Umhang, der die Kleidung darunter verbarg. Sein Haar war unter einer Kapuze versteckt. Auch dieser

Mann sah sich um, als wollte er sich vergewissern, dass niemand ihn bemerkte. Dann trat er in das Haus.

Es war John Ball.

Nun bestand kein Zweifel mehr. Bär ging wieder seinen gefährlichen Geschäften nach, vor denen er mich gewarnt hatte. Ich konnte mir vorstellen, dass er nicht erfreut sein würde, wenn er mich so nahe wüsste.

Aber meine Neugier hielt mich fest. Ich ging an dem Haus vorbei und entdeckte seitlich einen schmalen Gang. Ich blieb stehen, sah mich um, ob mich jemand beobachtete, und schlüpfte hinein.

Obwohl der Gang sehr eng war, kam ich leicht voran, bis ich auf eine raue Mauer stieß. Da ich mich nun schon so weit gewagt hatte, beschloss ich hinaufzuklettern.

Oben angekommen sah ich unter mir einen kleinen Garten mit Blumen und Kräutern. Wände aus grob behauenen Steinen, nicht viel höher als die Mauer, die ich erklommen hatte, begrenzten den Garten. Die Rückseite des Hauses bildete die vierte Wand.

Da niemand zu sehen war, ließ ich mich hinabfallen.

Ich stand nun vor der Rückseite des Hauses, wo sich eine halb offene Tür befand. Gerade, als ich auf sie zuging, hörte ich eine erregte Stimme:

»… dass kein Mann und keine Frau in Leibeigenschaft, sondern frei und gleichberechtigt leben soll. Dass alle Gebühren, Abgaben und Herrenrechte unverzüglich aufgehoben werden sollen. Dass das Land an jeden frei vergeben werde und die Pacht nicht mehr als vier Pennys pro Acre und Jahr betrage. Ungerechte Steuern müssen abgeschafft

werden. Nicht kleine Tyrannen sollen die Gesetze erlassen, sondern eine Versammlung gleicher und ehrbarer Männer soll gemeinschaftlich darüber beschließen.
Und vor allem soll unser rechtmäßiger König regieren und nicht die privilegierten, bestechlichen Parlamente und Ratsherren.
Die Kirche in ihrer gegenwärtigen Form soll vergehen. Bestechliche Pfarrer und Bischöfe müssen verjagt werden. An ihre Stelle sollen aufrechte, heilige Priester treten, die nicht mehr Güter oder Rechte besitzen als der gemeine Mann …«
Je länger ich zuhörte, desto mehr staunte ich darüber, dass ich John Balls Worte verstand, beschrieb er doch mein bisheriges Leben, sagte, was falsch daran war und wie es richtig sein müsste. Aber je länger er redete, wurde mir auch klar, wie gefährlich sein Anliegen war. Es bedeutete nichts weniger als einen Aufstand gegen das englische Königreich.
Ich zog mich zurück, kletterte über die Mauer und eilte durch den engen Gang zur Straße. Ich wollte zum Gasthaus zurück und dort Bärs Rückkehr und unsere Abreise aus Great Wexly abwarten.
Bevor ich jedoch den Gang zwischen den Häusern verließ, spähte ich rechts und links die Gasse hinunter, ob mich jemand beobachtete. Dieser Vorsicht verdankte ich, dass ich den Trupp Soldaten bemerkte, der mir entgegenmarschierte.
Sie glichen jenen, die ich am Stadttor gesehen hatte: Brustpanzer, rostige Helme, Breitschwerter in den Händen und Dolche am Gürtel.

Angeführt wurden sie von einem Mann, der über dem gepolsterten, blauen Rock ein Kettenhemd trug. Er hielt eine Armbrust in den Händen und sein Helmbusch war blaugold verziert. Doch ich erkannte in ihm John Aycliffe. Neben ihm ging der Einäugige.

46

Hastig wich ich in den schmalen Gang zurück und spähte zur Straße. Die Soldaten blieben stehen und der Einäugige zeigte auf das Schild mit dem Stiefel, das an dem Gebäude hing, in dem Bär und John Ball verschwunden waren.

Diese Geste genügte, um mir jeden Zweifel zu nehmen, was John Aycliffe im Schilde führte.

Ohne Zeit zu verlieren rannte ich den Gang zwischen den Häusern zurück, erklomm die Mauer und ließ mich zum zweiten Mal in den Garten hinunter. Diesmal jedoch zögerte ich nicht und stieß die Hintertür auf.

Vor mir öffnete sich ein kleines Zimmer, voll gestellt mit Bänken, auf denen ungefähr sieben Männer saßen. Einer von ihnen war Bär. Vor den Männern stand John Ball.

»Bär«, schrie ich, »die Soldaten kommen!«

Beim Klang meiner Stimme sprang er auf und drehte sich nach mir um. »Wo?«

»Auf der Straße.«

Noch während ich sprach, war vorne im Haus ein lautes Krachen zu hören: Die Tür war aufgebrochen worden.
»Verrat«, brüllte John Ball, »rette sich, wer kann!«
Die Männer, unter ihnen Bär, stürzten zur Hintertür und rannten hinaus. Mit einem Satz konnte ich mich davor retten, niedergetrampelt zu werden.
Draußen im Garten übernahm Bär das Kommando. Dank seiner Größe und seiner Kraft konnte er die Männer einen nach dem anderen auf die rückwärtige Mauer heben. Oben angekommen schwangen sie sich zur anderen Seite, ließen sich fallen und verschwanden.
John Ball ließ sich als Letzter helfen. Als er auf der Mauer saß, zögerte er und rief: »Bär, nur Mut. Vertraue auf den Allmächtigen und auf mich. Heute Abend sehen wir uns im Weißen Hirschen.« Dann war auch er verschwunden.
Bär drehte sich um. »Crispin«, sagte er und breitete seine Arme aus.
Ich rannte auf ihn zu. Er hob mich auf und schleuderte mich geradewegs hoch auf die Mauer. Von dort blickte ich in eine schmale Gasse voller Menschen. Einige sahen mit träger Neugier zu mir hoch. Ein Stück entfernt entdeckte ich John Ball, der eben um eine Ecke verschwand.
Ich schaute zu Bär hinunter, der sich gerade anschickte, die Mauer zu erklimmen. In diesem Augenblick brachen die Soldaten durch die Hintertür in den Garten ein.
»Lauf, Crispin«, schrie Bär. »Verlasse die Stadt. Dich wollen sie, nicht mich!«
Ich ließ mich auf die Gasse hinab, rannte aber nicht fort, sondern blieb, wo ich war. Mein Herz hämmerte, ich

lauschte und versuchte zu erraten, was auf der anderen Seite der Mauer vor sich ging. Ich hörte Schreie: »Haltet ihn. Nehmt ihn fest.« Dann das Geräusch von Schlägen, und schließlich – wie aus größerer Entfernung – hörte ich Rufen, einen Schrei, noch mehr Rufe. Dann war alles still.

Ich wusste nicht, was ich machen sollte – Bär zur Hilfe eilen oder mich in Sicherheit bringen. Außer mir, von Schuldgefühlen und Angst zerrissen, zögerte ich. Es war mir unerträglich, nicht zu wissen, was geschehen war, und so kletterte ich wieder auf die Mauer und spähte in den Garten. Er war verlassen.

Ich ließ mich wieder hinabfallen, rannte zur Tür und trat ein. Das Zimmer, wo die Männer sich versammelt hatten, glich einem Trümmerfeld. Auch hier war keine Menschenseele. Auf der anderen Seite des Zimmers befand sich noch eine Tür. Sie stand offen. Ich rannte hindurch und stieß auf ein noch größeres Durcheinander. Mehrere niedrige Arbeitstische waren umgeworfen. Halbfertige Schuhe, Pantoffeln und Stiefel lagen verstreut am Boden.

Ich ging durch eine weitere Tür, die in das vordere Zimmer des Hauses führte. Auf zwei Auslagentischen waren Schuhe und Stiefel ausgestellt. Und dort stand auch ein Soldat, der durch die zertrümmerte Haustür hinaussah.

Er drehte sich um und sah mich. »Halt!«, schrie er.

Ich wirbelte auf dem Absatz herum und stürzte durch die hinteren Zimmer in den Garten hinaus, kraxelte über die Mauer und flüchtete durch den schmalen Gang, durch den ich gekommen war.

Als ich zur Straße kam, sah ich mich hastig um, stellte fest, dass die Luft rein war, und rannte los.
Ich hatte keine Ahnung, ob der Soldat mich weiter verfolgte. Ich wusste nur, dass Bär von John Aycliffe gefangen genommen worden war. Wir waren, wie ich befürchtet hatte, in eine Falle geraten.

47

Verzweifelt versuchte ich herauszufinden, wohin sie Bär gebracht hatten. Ich raste wie ein Wilder durch die Stadt. Einige Male blieb ich stehen und sprach fremde Menschen an. »Sind hier ein paar Soldaten mit einem großen Mann mit rotem Bart vorbeigekommen?«, fragte ich.
Zweimal erfuhr ich, ein solcher sei gerade eben vorbeigeführt worden. Die Leute konnten mir sogar die Richtung zeigen, die die Soldaten eingeschlagen hatten. Ich rannte weiter.
Dann kam ich, so unerwartet wie am Tag zuvor, auf den großen Platz. Obwohl er voller Menschen war, sah ich auf der anderen Seite einen Trupp Soldaten vorbeimarschieren, denen eilig Platz gemacht wurde.
Ich stürzte nach vorn, drängelte mich durch die Menge, zwischen Tischen und Buden hindurch, und sah gerade noch, wie die Soldaten – Aycliffe an ihrer Seite – Bär durch das offene Portal eines großen Gebäudes schleppten. Es war das Gebäude, das ich schon kannte, jenes, das der Kirche direkt gegenüber lag.
Kaum waren die Soldaten mit Bär verschwunden, fielen die

Türen zu. Blaugold uniformierte Wächter mit glänzenden Helmen und Waffen nahmen davor Aufstellung.
Ich war von widerstreitenden Empfindungen aus Wut und Hilflosigkeit zerrissen. Dass es so weit hatte kommen müssen! Gequält schlug ich das Kreuz über meiner Brust und sprach ein Gebet für Bärs Sicherheit. Doch hatte ich wenig Hoffnung, dass dies meinem einzigen wahren Freund Erleichterung und Frieden verschaffen würde. Hätte er nur auf meine Warnung gehört.
Dann stellte ich mich, um nicht entdeckt zu werden, hinter einen großen Mann und sah vorsichtig an ihm vorbei, um herauszufinden, wohin sie Bär gebracht hatten.
»Was ist das für ein Gebäude?«, fragte ich.
»Der Palast der Furnivals«, antwortete der Mann. »Möge Gott der Fürstin gnädig sein.«
Ich starrte auf das Gebäude, als könnte ich durch die steinernen Mauern sehen, was drinnen geschah. Natürlich hatte das keinen Sinn, aber dann bemerkte ich einen Mann, der auf dem von Löwenhäuptern gestützten Balkon im ersten Stock erschien. Es war John Aycliffe.
Er blickte über den Platz, als suchte er jemanden. Ich starrte zu ihm hinüber und hatte keinen Zweifel mehr, dass *ich* es war, den er suchte. Voller Hass beobachtete ich ihn, bis er sich umwandte und wieder hineinging.
Er hatte Bär gefangen, um mich zu bekommen.
Ratlos machte ich mich auf den Rückweg zum Grünen Mann. Obwohl ich untröstlich war, sah ich mich wachsam nach Soldaten um. Die wenigen, die ich sah, schienen mich nicht zu bemerken.

Zum Glück kannte ich mich inzwischen so gut in der Stadt aus, dass ich das Gasthaus bald fand. In Erinnerung an den Einäugigen betrat ich es durch die Hintertür.
Im Haus war es ganz still. Ich wusste, ich hätte die Witwe Daventry suchen und ihr erzählen sollen, was passiert war, aber ich war so verzweifelt, dass ich eine Weile allein sein wollte. Ich wollte wieder zu mir kommen und darüber nachdenken, was zu tun war. Leise schlich ich mich in den oberen Stock.
Wie nicht anders zu erwarten, war unsere Kammer leer. Doch allein der Anblick von Bärs Sack und seiner Mütze versetzten mir einen Stich.
Erschöpft ließ ich mich auf dem Strohsack nieder. In meinem Kopf schwirrten allerlei Bilder, Dinge und Worte. Und immer wieder tauchten die wichtigsten Fragen auf: Was machen sie mit Bär? Was kann ich tun? Ich fühlte mich wie gelähmt.
In einem Anflug von Verlassenheit kramte ich in Bärs Sack, zog die Flöte hervor und spielte ein Lied, das erste, das er mir beigebracht hatte. Der Klang machte mich so traurig, dass ich die Flöte bald wieder fortlegte. Stille war die einzige Stimme, die ich ertragen konnte.
Wie ich so dalag, ich weiß nicht wie lange, drang ein Getöse in meine Gedanken, das von der Straße zu kommen schien. Bevor ich mir jedoch schlüssig wurde, was es war, hörte ich einen Krach, der das ganze Haus erschütterte.
Ich richtete mich auf und lauschte.
Das Getöse – Rufe und Schreie – kam nun direkt aus dem Haus. Ich hörte einen Schrei gefolgt von einem Krachen,

zersplitterndem Holz und wer weiß was sonst für Gewalttaten.
Ich sprang auf und wusste nicht, was ich tun sollte, dann erinnerte ich mich des Verstecks, das Bär mir gezeigt hatte. In wenigen Augenblicken hatte ich, wie er es mir vorgemacht hatte, das Brett aus der Wand gezogen und kroch mitsamt Bärs Sack und Kappe in die Öffnung. Kaum hatte ich das Brett wieder vorgeschoben, umgab mich völlige Dunkelheit. Ich wagte nicht, mich zu rühren.
Nur kurze Zeit war vergangen, da hörte ich direkt vor meinem Versteck schwere Tritte, die in die Kammer polterten. »Hier ist er auch nicht«, sagte jemand, worauf ein Krachen ertönte und die Schritte sich schließlich wieder entfernten.
Ich presste mein Ohr gegen die Wand. Als ich sicher war, dass niemand mehr da war, begab ich mich wieder nach draußen. In der Kammer herrschte ein fürchterliches Durcheinander. Der kleine Tisch war umgekippt und zerschlagen worden. Überall war Stroh verstreut.
Mit äußerster Vorsicht schlich ich zum Flur. Er war menschenleer. Am Treppenabsatz blieb ich stehen und lauschte. Von unten hörte ich Weinen.

48

Ich ging die Treppe hinunter und blieb entsetzt stehen, als ich in den Schankraum kam. Die Tische waren zerschlagen, die Bänke zersplittert, die Theke umgestürzt. Die Krüge, in denen Bier und Wein ausgeschenkt wurden, lagen auf dem Boden verstreut. Viele waren zerbrochen.

Inmitten des Durcheinanders saß zusammengesackt die Witwe Daventry und weinte. Ihre Leinenhaube lag auf dem Boden. Ihr Haar war aufgelöst und hing ihr über den breiten Rücken, ihr Kittel war zerrissen.

Aus Angst, mich bemerkbar zu machen, blieb ich bewegungslos unter der Tür stehen und versuchte zu begreifen, was geschehen war. Ich musste wohl ein Geräusch gemacht haben, denn die Frau schrak zusammen und drehte ihren massigen Körper in meine Richtung. Als sie mich erblickte, wandte sie sich schnell wieder ab. Aber ich hatte schon ihr zerschundenes Gesicht gesehen, ihre rot geränderten Augen und ihren zahnlosen Mund, aus dem ein Blutfaden rann. Sie holte tief Luft und hörte auf zu weinen.

Als ich zu ihr ging und neben ihr stehen blieb, hob sie den Kopf, sah mich an und hob eine Hand hoch, einmal, zweimal, als wollte sie Worte aus sich herauspumpen. Doch nichts kam, als sei alles Leben aus ihr gewichen.

»Gute Witwe«, stammelte ich, »was … was ist hier geschehen?«

»Soldaten«, lispelte sie schwach, »aus dem Palast. Sie suchen nach dir.«

»Werden sie wiederkommen?«

»Vielleicht«, sagte sie matt.

Ich beschloss, ihr lieber nicht zu verraten, dass ich im Haus gewesen war. Aber ich wusste nicht, was ich sagen sollte. »Wenn … wenn sie mich finden«, fragte ich auf eine bessere Antwort hoffend, »was werden sie dann mit mir machen?«

»Dich töten«, sagte sie. Stöhnend kam sie auf die Füße und sah mit glasigem Blick auf die Zerstörung. Als sie auf dem Boden ihre Haube entdeckte, hob sie sie auf und steckte einen Finger durch die Risse.

»Wisst Ihr, warum?«, fragte ich.

Angewidert warf sie die Haube zu Boden. »Da musst du Bär fragen.«

»Bär … ist gefangen«, sagte ich.

Sie wirbelte herum. »Von wem?«

»Den Soldaten.«

»Wann?«

Diese Nachricht tat noch ein Übriges zu ihrer Niedergeschlagenheit. Schwerfällig stellte sie eine Bank auf und setzte sich. Sie schien von ihrem eigenen Gewicht erdrückt zu werden. »Erzähl, was passiert ist.«

Ich erzählte ihr alles.
Sie hörte aufmerksam zu, wobei sie leise Gebete und Flüche vor sich hin murmelte.
Als ich geendet hatte, sagte sie: »Möge der Herr ihn schützen«, und schlug ein Kreuz. Dann tastete sie mit zitternden Fingern nach ihrem Rosenkranz.
Ich sagte: »Was wird mit ihm geschehen?«
»Wenn Gott ihm gnädig ist, wird er ihm einen raschen Tod schenken«, sagte sie und presste die Hände aneinander. Wieder rannen Tränen ihre Wangen herab und mit einer hastigen, zornigen Bewegung wischte sie sie fort.
Unbeholfen stand ich da und wagte kaum zu atmen. Ich sagte: »Ich habe gehört, wie John Ball sagte, er sei verraten worden.«
Die Frau spuckte aus. »Hüte dich vor denen, die ihre Rechtschaffenheit mit dem Willen Gottes verwechseln. Wahrscheinlich haben sie nicht einmal gewusst, dass Ball dabei war. Dich suchen sie. Ich habe Bär gewarnt.«
Sie schaute wieder auf das Chaos, als könnte sie ihren Augen nicht trauen.
»Witwe«, sagte ich, »was soll ich tun?«
Zunächst gab sie keine Antwort. Dann sagte sie: »Hier darfst du nicht bleiben. Es ist zu gefährlich, für dich und für mich. Sie werden versuchen, aus Bär herauszupressen, wo du bist. Aber selbst wenn sie ihn zum Sprechen bringen, werden sie ihm womöglich nicht glauben, da sie hier schon gesucht und dich nicht gefunden haben. Bär wird auf jeden Fall vermeiden, irgendetwas zu sagen, was dir schaden könnte. Dafür hat er dich zu gern.«

Dann fügte sie hinzu: »Aber selbst der Standhafteste kann durch die Folter gebrochen werden.«

»Folter!«, schrie ich.

»Heute Nacht, nach den Abendglocken, musst du aus der Stadt fliehen. Bis dahin komm nicht mehr in diesen Raum. Bleib oben. Hat Bär dir gezeigt, wo du dich verstecken kannst?«

Ich nickte.

»Dann geh. Dort gehörst du hin.«

Ich stieg die Treppe hinauf und ging in die Kammer zurück. Nachdem ich wieder in das enge Versteck geschlüpft war, legte ich das Brett vor und begrüßte die Dunkelheit, die mir als einziger treuer Kamerad meiner Verzweiflung geblieben war. So viel Böses war geschehen, und alles meinetwegen.

49

Ich weiß nicht, wie viel Zeit vergangen war, als ich ein Klopfen an meinem Versteck vernahm.

»Öffne«, hörte ich die Witwe Daventry flüstern.

Ich stieß das Brett beiseite. Sie reichte mir eine Schale mit Suppe und Brot.

Dankbar begann ich zu essen, obwohl ich mich für meinen Hunger beinahe schämte.

»Was hast du die ganze Zeit über gemacht?«, fragte sie, nachdem sie die kleine Kerze abgestellt hatte, die sie mitgebracht hatte.

»Über Bär nachgedacht.«

»Ach«, sagte sie seufzend, »kannst du mir verzeihen, Crispin, dass ich so verärgert war. Gott weiß, es ist nicht deine Schuld.« Sie versank in Schweigen.

»Hat Bär dir jemals etwas über mich erzählt?«, fragte sie plötzlich.

»Nein.«

»Zwei Ehemänner. Sieben Kinder. Alle tot. Und doch … lebe ich.« Sie legte mir die schwere Hand auf die Schul-

ter. »Crispin«, flüsterte sie, »ob Gott ... seine Gründe hat?«
»Ich ... ich weiß nicht.«
Sie senkte den Kopf und begann wieder zu weinen. Ich nahm ihre raue Hand und drückte sie.
Es dauerte eine Weile, bis sie sich wieder gefangen hatte. Behutsam sagte ich: »Gute Witwe, könnt Ihr lesen?«
Sie sah mich mit leerem Blick an. »Ein bisschen. Warum fragst du?«
»Könnt Ihr mir sagen, was hier geschrieben steht?« Ich hielt ihr mein Kreuz hin.
Sie nahm es und drehte es um. »Es stammt aus der Zeit der Großen Pest«, sagte sie. »Ich muss nicht lesen, was dort steht. Bär hat es mir gesagt.«
»So?«
Sie nickte. »Da steht ›Crispin – Sohn von Furnival‹.«
Ich starrte sie an.
»Du bist der Sohn von Lord Furnival.«
»Aber wie ist das möglich?«
»Was dachtest du, wer dein Vater ist?«
»Meine Mutter erzählte nur, mein Vater sei schon vor meiner Geburt gestorben. In der Großen Pest.«
Sie schüttelte den Kopf. »Crispin, für diese Herren sind uneheliche Kinder etwas ganz Normales.«
»Und Bär wusste das?«, fragte ich stockend.
»Ja.«
»Und dir hat er es gesagt.«
Sie nickte. »Er schloss es aus der Inschrift auf dem Kreuz und aus dem, was dir widerfuhr.« Sie gab mir das Kreuz zurück.

»Was hat Bär sonst noch gesagt?«

Sie seufzte. »Er nimmt an, deine Mutter gehörte dem Hofstaat der Furnivals an. Dass sie ein junges Edelfräulein war, des Lesens und Schreibens mächtig. Bär meint, sie muss sehr schön gewesen sein, so schön, dass Lord Furnival ein Auge auf sie warf. Er brachte sie – sicher gegen ihren Willen – in euer Dorf. Aber als sie sein Kind unter dem Herzen trug – dich –, verließ er sie und befahl, sie an diesem Ort festzuhalten. Er ließ sie nicht töten, aber sie durfte das Dorf nie mehr verlassen.«

»Wegen ... *mir?«*

»Ja.«

»Warum hat Bär mir nichts erzählt?«

»Er wollte dich schützen.«

»Wovor?«

»Crispin«, sagte sie, »deine edle Herkunft ist nichts anderes als ... *Gift*. Lady Furnival besitzt hier die Macht, sie würde niemals zulassen, dass du ihren Namen trägst. Sie würde dich als Feind betrachten, weil sie wüsste, dass jeder dich und deine Herkunft gegen sie nutzen könnte.«

»Weiß sie denn von mir?«, fragte ich erstaunt.

Als die Witwe nicht antwortete, wiederholte ich meine Frage.

»Wenn sie so viel weiß wie ich, vielleicht«, sagte sie.

»Was meint Ihr?«, rief ich.

»Crispin, ich bin mir nicht sicher, aber wenn die Gerüchte damals – vor dreizehn Jahren – stimmten, weiß ich wahrscheinlich, wer deine Mutter war. Sie war die jüngste Tochter von Lord Douglas. Lord Furnival verliebte sich in sie. Die ganze

Stadt sprach von nichts anderem. Dann hieß es, die junge Frau sei gestorben. Aber das war offensichtlich eine Lüge.«

»Was nützt uns das?«, sagte ich verbittert. »Jetzt ist sie tot.«

»Aber wenn Lord Douglas wüsste, dass seine Tochter einen Sohn von Lord Furnival hatte, könnte er mit deiner Hilfe Anspruch auf das Vermögen des Furnivals erheben. Und wenn Lady Furnival ebenfalls von dir wüsste, würde sie alles tun, um ihre Macht zu sichern.

Deine Herkunft verleiht dir weder Ehre noch Stand. Nicht vor dir haben sie Angst, sondern davor, dass du benutzt wirst, verstehst du? Dein edles Blut ist ein Freibrief für deinen Tod. Und das wird so bleiben, bis es nicht mehr durch deine Adern fließt.«

Ich starrte sie an. »Weiß Bär das von meiner Mutter?«

»Ich habe ihm nichts erzählt.«

»Warum nicht?«

»Du warst für ihn wie ein Sohn. Warum hätte ich einen Keil zwischen euch treiben sollen? Crispin, falls es dich beruhigt, kann ich dir sagen, dass du wahrscheinlich nicht der einzige Erbe bist. Nach allem, was man über Lord Furnival weiß, gibt es womöglich viele wie dich. Das Haus Furnival will sie alle tot sehen.«

»Aber … ich erhebe doch gar keinen Anspruch auf das Erbe.«

»Aber die, die von deiner Existenz wissen, fürchten, dass du das tun wirst. Deshalb musst du von hier fort, so weit fort wie möglich, und niemals, niemals wieder hierher kommen.«

Mit ihren rauen Händen berührte sie sanft mein Gesicht. »Möge der süße Jesus dich schützen«, sagte sie und richtete sich auf.

50

Als die Witwe Daventry gegangen war, hockte ich mich wieder hin und hielt in der Dunkelheit meines Verstecks das bleierne Kreuz vor meine Augen. Ich starrte es an, obwohl ich nichts erkennen konnte.

Langsam begann ich zu begreifen, warum meine Mutter und ich die ganzen Jahre so gelebt hatten.

Ihre wenigen, bitteren Worte über meinen Vater.

Vater Quinel, der gesagt hatte, dass sie lesen und schreiben konnte. Und sie, die mir das nie verraten hatte.

Die Art und Weise, wie die Leute in Stromford uns angesehen hatten, als seien wir irgendwie anders.

Aycliffe, der uns so verächtlich behandelt hatte.

Wie sie mich »Astas Sohn« nannte, denn ich war alles, was sie hatte, und mehr durfte sie nicht sagen. Doch sie hatte mich heimlich auf den Namen meines Vaters taufen lassen. Kein Wunder, dass sie sich manchmal so an mich geklammert und oft auch von sich gestoßen hatte. Ich war ihr Leben. Sie liebte mich. Aber ich war auch die Ursache für ihr Unglück.

Wir gehörten also gar nicht nach Stromford. Wir waren unerwünschte Gefangene.
Und dann kam der Kurier mit diesem Dokument. Wahrscheinlich kündigte es den baldigen Tod von Lord Furnival an. Und damit verloren wir seinen Schutz.
Jetzt machten auch die Worte, die ich damals im Wald gehört hatte, einen Sinn.
»Werde ich sofort handeln müssen?«
»So hat sie befohlen. Seid Ihr nicht mit ihr verwandt? Bedenkt die Folgen, wenn Ihr stillhieltet.«
»Es würde für uns alle eine große Gefahr bedeuten.«
Sie, das war Lady Furnival.
Die Behauptung, ich sei ein Dieb, war nur Aycliffes Vorwand gewesen, mich für vogelfrei zu erklären. Er wollte mich um meiner selbst töten. Nein, nicht um meiner selbst, sondern wegen meines Vaters und meiner Mutter. Ich war ihnen – wie die Witwe Daventry gesagt hatte – gleichgültig wie ein Stück Dreck.
Vater Quinel musste die Wahrheit gewusst haben. Und wurde getötet. Auch das war Aycliffes Werk.
Und Bär hatte es herausgefunden und mir nichts gesagt. Er hatte mich vor dem Gift meiner Herkunft geschützt.
Nun war er gefangen und würde getötet werden. Alles meinetwegen.
Nein, ermahnte ich mich. Nicht meinetwegen oder wegen etwas, das ich getan hatte, sondern weil ich der Sohn Lord Furnivals war. Doch auch wenn ich nun wusste, wer ich war, blieb die Frage, was ich tun sollte. Denn ich begriff, dass sie Bär gefangen hatten, um mich zu bekommen.

51

Den Rest des Tages blieb ich in meinem Versteck und dachte nach. Dabei fügten sich die bruchstückhaften Teile meines Lebens zu einem Ganzen.

Immer wieder fragte ich mich, ob ich mich verändert hatte, ob ich ein anderer geworden war. Die Antwort lautete jedes Mal *ja*. Ich war kein Niemand mehr. Ich war zwei Menschen in einem – Lord Furnivals Sohn … und Crispin.

Seltsam, dachte ich: Der Tod meiner Mutter, die Ermordung von Vater Quinel und die Absicht der anderen mich umzubringen hatten mir ein eigenständiges Leben verschafft.

Doch wie sah dieses Leben aus?

Vermutlich hätte mancher mich glücklich geschätzt, weil ich von edlem Geblüt war. Doch ich wusste, dass meine Herkunft nichts als Verderben bedeutete, wie die Witwe Daventry gesagt hatte. Lord Furnival zum Vater zu haben war eine grausame Last. Bär dagegen war – so kurz ich ihn auch kannte – ein tausendmal verlässlicherer Vater.

Nun begann ich auch, über John Balls Worte nachzudenken. Es war richtig, was er gesagt hatte. Am eindrücklichsten erinnerte ich mich an die Worte »… dass kein Mann und keine Frau in Leibeigenschaft, sondern frei und gleichberechtigt leben soll.«

Ich dachte auch daran, was Bär mir gesagt hatte: er sei ein Narr, weil er vor seinem Tod im Himmel sein wolle.

Ich begriff: Bär und Ball sprachen über dasselbe wie Vater Quinel, über die Freiheit. Freiheit hatte ich nie erfahren. Ich nicht und keiner aus meinem Dorf und den Dörfern, die wir besucht hatten. Wir lebten in Fesseln.

Ein Furnival zu sein bedeutete, Teil dieser Fesseln zu sein. Während die Zeit in der Dunkelheit meines Verstecks verstrich, wurde mir eines klar: Bär hatte geholfen, mich von diesen Fesseln zu befreien, und hatte mir so mein Leben geschenkt. So beschloss ich, ihn befreien zu helfen – selbst wenn mich das mein neu gefundenes Leben kosten würde.

52

Nicht lange, nachdem das Geläut zum Vespergottesdienst verklungen war, erschien die Witwe. »Ich habe jemanden gefunden, der dir hilft, aus Great Wexly zu fliehen«, sagte sie. »Heute Nacht noch. Der Mann kennt einen sicheren Weg über die Stadtmauer. Wenn alles gut geht, kannst du unbemerkt entkommen.«

»Aber was ist mit Bär?«

»Gott segne ihn, Crispin«, sagte sie, »aber du kannst ihm nicht helfen. Er ist verloren.«

Sie schickte sich an zu gehen.

»Und wohin soll ich gehen?«, fragte ich.

Sie zuckte die Achseln. »So weit fort wie möglich.«

»Bär sagte etwas von Schottland.«

»Fort aus dem Königreich, das ist wahrscheinlich das Beste.«

»Ich weiß nicht, wo Schottland liegt.«

»Immer nach Norden«, sagte sie.

»Und wann kommt dieser Mann?«

»Nach der Komplet, wenn niemand mehr auf die Straße darf. Bete zum Himmel, dass er bewölkt ist.«

»Warum?«

»Weil es dann dunkler ist.«

»Witwe«, fragte ich, als die Frau sich zum Gehen anschickte, »wo ist der Weiße Hirsch?«

»Beim Westtor. Warum willst du das wissen?«

Da ich nicht die Absicht hatte, John Ball zu erwähnen, den sie zu hassen schien, sagte ich: »Bär hat ihn erwähnt.«

Sie lächelte grimmig. »Ich kann mir denken, dass Bär, Gott sei seiner Seele gnädig, viele Schankstuben erwähnt hat.«

Ich schlief ein und erwachte erst wieder vom Klang der Glocken. Kurz darauf hörte ich Schritte vor der Tür. Und dann, aus einiger Entfernung, den Ruf: »Zeit für die Komplet! Die Sperrstunde hat begonnen. Niemand darf auf die Straße!«

Kurz darauf erschien die Witwe mit einer Lampe. »Der Mann ist da. Es ist Zeit.«

Ich stand auf, nahm Bärs Sack und seine Kappe und steckte auch ein paar der Pennys ein, die wir verdient hatten. Schließlich fasste ich an meinen Hals und vergewisserte mich, dass der Lederbeutel noch da war. Meinen einzigen Besitz – das Kreuz aus Blei – wollte ich nicht zurücklassen.

»Witwe«, sagte ich, »ich möchte Euch für die Herberge bezahlen.«

»Sei kein Narr. Behalte dein Geld. Du wirst es brauchen.«

Sie ging mit mir die Treppe hinunter. In der spärlich beleuchteten leeren Schankstube stand ein ziemlich klein gewachsener Mann, dessen eine Schulter höher war als die andere. Seine Kleidung – Rock, Hose und Stiefel – war dunkel. Um den Hals hatte er ein schmuddeliges Tuch ge-

schlungen. Sein Gesicht war narbig und sein Mund schmal wie ein Strich.
»Der Herr sei mit Euch«, sagte ich zu ihm.
»Gleichfalls«, antwortete er, wobei er meinem Blick auswich.
Die Witwe Daventry führte uns zur Hintertür, wo sie das Licht ausblies. Erst dann öffnete sie die Tür.
»Es ist Vollmond«, flüsterte sie. »Gebt Acht. Gott beschütze dich.«
»Gott segne Euch für Eure Hilfe«, erwiderte ich.
Mit einem Mal breitete sie ihre Arme aus und drückte mich fest an sich. Dann seufzte sie und gab mir einen Stoß.
Ich trat auf die Gasse hinaus. Der Mann folgte mir und schloss die Tür hinter sich.
»Komm mit«, sagte er und ging los, ohne sich nach mir umzusehen. Einen Fuß zog er nach, so dass beim Gehen ein leises, kratzendes Geräusch entstand.
Ich blickte zum klaren Himmel hoch, wo der Mond in voller Pracht stand. Ob das ein gutes oder ein schlechtes Zeichen war, wusste ich nicht zu deuten, doch ich fragte mich, ob ich jemals wieder die Sonne erblicken würde.

53

Auf unserem Weg durch enge Gassen und Gänge sprach mein Führer kein Wort. Kein einziges Mal passierten wir die Hauptstraße. Einmal, als Wachen sich näherten, duckte er sich in eine Mauernische, wo wir mit angehaltenem Atem warteten, bis sie vorüber waren.
Erst dann sagte ich zu ihm: »Ich möchte, dass Ihr mich zum Gasthof Zum Weißen Hirschen bringt.«
»Ich soll dich doch zur Stadtmauer führen«, entgegnete er.
»Zeigt mir den Gasthof, mehr will ich nicht von Euch. Und ich bezahle auch dafür«, sagte ich und zog ein paar Pennys hervor.
Er streckte seine Hand aus und im Mondlicht sah ich, dass sie nur drei Finger hatte. Ich ließ die Münzen hineinfallen. Einen Augenblick lang schien er das Geld in seiner Hand zu wiegen, dann sagte er: »Es ist nicht weit.« Mit diesen Worten humpelte er weiter.
Wir gingen durch ein Gewirr aufgeweichter lehmiger Wege, bis wir eine finstere Gasse erreichten. »Dort«, sagte der Mann und zeigte nach vorn.

Da keines der Häuser beleuchtet war, fragte ich: »Wo?«
»Da drüben.« Er deutete auf ein schmales, zweistöckiges Gebäude am Anfang der Gasse.
Ich folgte seinem Blick, doch als ich mich wieder nach ihm umdrehte, um ihm zu danken, war er verschwunden. Nur das Schleifen seines Fußes war in der Dunkelheit zu hören.
Ich sah mir das Haus genauer an. Dank des Mondes erkannte ich über der Tür ein Schild mit einem weißen Hirsch, der im fahlen Licht gespenstisch leuchtete. Das Haus machte einen verfallenen, unbewohnten Eindruck.
Ich ging näher und klopfte leise an die schwere Tür. Niemand antwortete.
So schnell wollte ich aber nicht aufgeben. Ich presste mein Ohr an die Tür und lauschte. Von innen hörte ich ein Geräusch. Wieder klopfte ich. Ächzend ging die Tür auf. Ich konnte niemanden sehen, aber eine Stimme fragte: »Wer da?«
»Ich bin der Lehrling von Bär«, flüsterte ich. »Er ist gefangen.«
Die Tür fiel zu.
Ich legte wieder mein Ohr dagegen und war sicher, Stimmen zu hören. Vielleicht, dachte ich, beraten sie, was sie tun sollen.
Die Tür öffnete sich einen Spalt. »Wie heißt du?«, wurde ich gefragt.
»Crispin.«
»Komm rein«, sagte jemand und öffnete die Tür so weit, dass ich hineinschlüpfen konnte.

Ich sah mich um. Eine kleine Kerze warf ihr karges Licht auf schattenhafte Gestalten. Der Raum glich dem Schankraum des Grünen Mannes, nur war er kleiner und hatte weniger Tische und Bänke.
Ich zählte fünf Männer, deren Gesichter nicht zu erkennen waren, da sie Kapuzen übergezogen hatten und offensichtlich nicht erkannt werden wollten. Trotzdem meinte ich, zumindest einige von ihnen früher am Tag im Haus des Schuhmachers gesehen zu haben.
»Was führt dich zu uns?«, fragte jemand.
Ich war sicher, es war John Ball.
»Bär wurde gefangen genommen«, sagte ich.
»Von wem?«
»Von den Soldaten. Von denen, die in Eure Versammlung einbrachen.«
»Weißt du, wo er ist?«
»Sie haben ihn in den Palast der Furnivals gebracht.«
»Bist du sicher?«
»Ich habe es mit eigenen Augen gesehen.«
»Gott sei seiner Seele gnädig«, sagte jemand.
»Sie werden ihn foltern«, sagte ein anderer. »Sie werden unsere Namen aus ihm herauspressen.«
»Er kennt unsere Namen nicht.«
»Er wird Euch nicht verraten«, sagte ich. »Bestimmt nicht. Er ist so stark. Eher würde er sterben.«
»Tapferere und stärkere Männer als Bär haben sich vom Schmerz umstimmen lassen«, sagte einer der Männer.
»Und er ist schwach geworden«, sagte der Mann, den ich für John Ball hielt. »Als wir uns vor einem Jahr trafen,

wollte er unserer Bruderschaft beitreten. Seitdem hat er seine Meinung geändert.«
Ich sagte: »Er glaubt, die Zeit ist noch nicht reif.«
»Was versteht schon ein Jongleur von diesen Dingen?«, sagte ein anderer.
»Der Mann ist ein Spion«, erwiderte John Ball. »Es ist sein Geschäft, zu wissen, was vor sich geht.«
Nun hatte ich mit eigenen Ohren die Wahrheit gehört. Überrascht war ich nur, dass ich nicht selbst daran gedacht hatte.
Dann sagte John Ball zu mir: »Warum bist du gekommen?«
»Ich muss Bär helfen.«
»Das kannst du nicht«, sagte einer der Männer. »Der Palast wird streng bewacht. Außerdem haben sie ihn bestimmt in ein Verlies gebracht.«
»Bursche«, sagte John Ball, »Bär hat mir gesagt, du seist der uneheliche Sohn von Lord Furnival. Wahrscheinlich warst du der Grund, warum unsere Versammlung entdeckt wurde. Hat Bär sich nicht von unserer Bruderschaft entfernt? Woher wissen wir, dass du uns nicht verrätst? Wenn du auch nur ein bisschen Verstand hättest, wärst du längst über alle Berge.«
»Ich war es, der Euch gewarnt hat«, sagte ich, »und es war Bär, der Euch zur Flucht verholfen hat.«
Unter den Männer entstand eine verlegene Unruhe.
»Er ist vom rechten Weg abgekommen«, sagte John Ball zornig. »Wir dürfen uns nicht weiter in Gefahr bringen.«
Kaum hörbares, zustimmendes Murmeln war zu vernehmen.

Ich sagte: »Kann mich jemand wenigstens zum großen Platz bringen?«
»Was hast du dort vor?«
»Ich kann Bär nicht im Stich lassen.«
»Wenn das mit deiner Herkunft stimmt, haben sie Bär womöglich als Köder genommen«, sagte jemand. »Als Köder für dich, und du tust genau das, was sie wollen.«
»Ich muss es wenigstens versuchen.«
Einer der Männer trat vor. »Ich bringe dich hin.«

54

Kurz nachdem die Glocken zur Frühmette geläutet hatten, erreichten wir den Platz. Kaum waren wir dort, verschwand der Mann, der mich gebracht hatte, ohne ein weiteres Wort.

Ich sah mich um. Das helle Mondlicht schien auf die vielen leeren Tische und Buden, die zu dieser Zeit von ihren Besitzern verlassen waren. Über allem lag eine unbehagliche Stille, die mich an das verlassene Dorf erinnerte, wo ich Bär zum ersten Mal begegnet war. Hier aber stand der Palast der Furnivals. Riesig und dunkel ragte er vor mir auf. Nur im ersten Stock waren zwei Fenster matt erleuchtet.

Auf der anderen Seite des Platzes erhob sich majestätisch die große Kirche. Ihre bunten Glasfenster glommen schwach wie die Asche eines verglühenden Feuers.

Wie ich so stand und lauschte, vernahm ich aus der Kirche ein Singen. Die Pfarrer waren bei ihrem Morgengebet. Ihre Stimmen verschmolzen ineinander und wogten wie aufsteigende und abfallende Winde über den Platz.

»Media vita in morte sumus:
Quem quaerimus adiutorem
Nisi te domine?
Qui pro peccatis nostris juste irascertis.
Sancte Deus ...«

Ich bekreuzigte mich und erflehte vom heiligen Ägidius Führung und Hilfe, wie er sie mir schon früher gewährt hatte. Dann drehte ich mich wieder zum Palast um, wo Bär gefangen gehalten wurde.

Während ich darüber nachsann, ob er noch am Leben war, bemerkte ich am Hauptportal im Erdgeschoss eine Bewegung.

Hinter den verlassenen Buden und Tischen Deckung suchend, schlich ich näher und entdeckte zwei Wachen am Tor. Einer der Wächter lehnte mit verschränkten Armen und gesenktem Kopf an der Wand, als ob er schliefe. Der andere ging ruhelos auf und ab.

Ich kroch näher und musterte das Gebäude. An den Wachen führte kein Weg vorbei. Aber wie konnte ich dann hineinkommen? Da fiel mir John Aycliffe auf dem Balkon ein. Vielleicht wurde das obere Stockwerk nicht so schwer bewacht.

Das Problem war nur, wie ich dort hinaufkommen sollte. Ich schlich weiter, bis ich den seitlichen Teil des Palastes vor mir sah, der von den nebenstehenden Häusern dicht bedrängt wurde. Und im Mondlicht entdeckte ich zwischen dem Palast und dem Nachbarhaus eine schmale Lücke, kaum mehr als ein Spalt und zu eng, als dass ein Mann sich hindurchzwängen konnte.

Aber ich war ein Knabe.
Ich wartete, bis der ruhelose Wächter möglichst weit von mir entfernt war, dann sprang ich vor und drückte mich in den Spalt. Er war so eng, dass ich seitwärts gehen musste. Es war zu dunkel, um viel zu sehen, also half ich mir mit Tasten. Die Wände des Palastes waren aus roh behauenen Steinen. Die Wand des Nachbarhauses bestand aus grobem Lehm oder Gips.
Ich ließ Bärs Sack zu Boden gleiten. Falls ich zurückkäme, konnte ich ihn dort wieder holen. Falls nicht, würde ihn niemand mehr vermissen.
Ich schaffte es kaum, mich umzudrehen, und kam mir vor wie ein Weizenkorn zwischen zwei Mühlsteinen. Ich presste meine Hände an die zwei gegenüberliegenden Wände, grub meine Fingerspitzen in kleine Unebenheiten und Vorsprünge und begann, mich langsam nach oben zu ziehen. Als ich ein Stück geschafft hatte, zog ich die Beine an und stützte mich mit den Füßen an den Wänden ab, um schneller voranzukommen. Mit äußerster Anspannung hangelte ich mich nach oben wie ein Spinne.
Wie lang es dauerte, bis ich auf Balkonhöhe war, weiß ich nicht. Er war höher als das Dach der Kirche von Stromford, außerdem lag er nicht da, wo ich ihn brauchte, sondern ragte an der Vorderseite des Palastes heraus, wogegen ich mich an der Seitenwand befand.
Ich schaffte es, mich umzudrehen, indem ich mich mit dem Rücken gegen die Palastmauer stemmte und die Füße an der Lehmwand abstützte. So fand ich eine sichere Position und konnte sogar die Hände loslassen.

Direkt unter dem Balkon ragte ein steinerner Löwe hervor, dessen zerklüftetes Maul weit offen stand. Ich streckte meinen Arm so weit wie möglich vor und erreichte knapp den Unterkiefer der Bestie. Ich klammerte mich daran fest und lockerte den Druck meines Körpers gegen die Wände.

Mit einer Hand im Maul des Löwen, mit den Füßen hoch über dem Erdboden und den Wachen, schwang ich mich durch die Luft. Die andere Hand streckte ich nach oben und bekam damit den Balkon zu fassen. Jetzt hing ich mit einer Hand am Balkon. Ich griff mit der anderen Hand nach, so dass ich nun mit beiden Händen daran baumelte. Ich schlenkerte mit den Füßen vor und zurück, um mehr Schwung zu bekommen, zog mich gleichzeitig nach oben und konnte mich schließlich über die Balkonbrüstung schieben. Zu meiner großen Erleichterung war niemand da. Und so weit ich erkennen konnte, hatten auch die Wächter unter mir nichts bemerkt.

Meine Knie zitterten vor Anstrengung und ich versuchte, wieder zu Atem zu kommen. Da ich keine Zeit verlieren wollte, schlüpfte ich eilig durch eine offen stehende Balkontür in das Gebäude und kam in einen dämmerigen, schmalen Raum.

Ich konnte nichts Beunruhigendes sehen oder hören. Nur ganz weit hinten, am anderen Ende, war ein schwacher Lichtschein zu sehen.

Ich sah mich um. Der Raum, in dem ich mich befand, sah aus wie eine niedrige Eingangshalle. Vorsichtig ging ich weiter. Zu beiden Seiten gingen Türen ab. Ich blieb stehen, legte ein Ohr an eine der Türen und lauschte. Als ich nichts hörte, stieß ich sie auf und trat ein.

Im fahlen Mondlicht, das durch ein hohes kleines Fenster fiel, sah ich lauter Fahnen, die an hölzernen Stangen befestigt waren.

Ich ging zu einer Tür auf der anderen Seite der Halle, lauschte auch dort und öffnete sie. In dem Raum befand sich an der einen Wand ein Ständer mit Säbeln, an der anderen hingen Breitschwerter und an der dritten Dolche.

Ich nahm einen Dolch, schlich wieder nach draußen und zog die Tür hinter mir zu.

Ich ging nun weiter bis zum Ende der Halle. Dort beugte ich mich vor, um in den anschließenden Raum zu spähen – und hielt den Atem an.

55

Ich erblickte einen Raum von unermesslicher Größe, der von einigen tropffreien Kerzen in Wandleuchtern erhellt wurde. Er war größer als alles, was ich bis dahin gesehen hatte, und bot Platz für mehr als hundert Seelen. Ganz Stromford hätte in diesen Raum gepasst.

Die Holzdecke schmückten ineinander verwobene Blumen und Ranken aus Schnitzwerk. Überall an den Wänden hingen wunderschön gearbeitete Tafeln mit Abbildungen von Heiligen.

Am hinteren Ende des Raums, mir direkt gegenüber, befand sich ein riesiger, mit Steinen und bemalten Kacheln verkleideter Kamin, in dem die Reste eines Feuers glommen.

Von der Seite des Raums, nicht weit vom Kamin, schien eine Treppe abzugehen.

Vor dem Kamin stand ein schwerer, langer Tisch mit Bänken und Stühlen darum. Der Tisch war übervoll mit Resten, die von einem großen Festmahl herrühren mussten. Überall lagen Knochen, Brote, Flaschen und Schüsseln verstreut, als hätte sich eine Gesellschaft gefräßiger Riesen

zum Mahl versammelt. Es gab Holzkrüge, Schneidebretter, Messer, Mundtücher und Kelche – Dinge, die ich kaum kannte, und mehr als ich zählen konnte.
Im Dämmerlicht konnte ich eine Reihe von Türen erkennen, die in die Wände eingelassen waren. Eine dieser Türen stand offen. Aus dem dahinter liegenden Raum drang ein kleines, flackerndes Licht. Ich ging vorsichtig darauf zu und spähte hinein.
Der Raum war einer Kirche nicht unähnlich. Auf den ersten Blick schien er ganz aus Gold zu bestehen, Gold, bei dessen funkelndem Glanz mir die Augen schmerzten. Und auf dem Gold blitzten unzählige Edelsteine in Blau, Purpur und Rot. Edelsteine, die im flackernden Licht der Kerzen ein eigenes Leben zu atmen schienen. Dass ein solch unbeschreiblicher Reichtum auf Erden existierte, hätte ich mir niemals träumen lassen.
Am hinteren Ende des Raums befand sich ein Altar mit einem Kreuz aus glänzendem Gold. Vor dem Kreuz brannten einige Kerzen, die den Raum erhellten. Neben den Kerzen standen mit Edelsteinen besetzte Kästchen, die vermutlich heilige Reliquien enthielten.
Ich war von dieser Pracht wie verzaubert und ging weiter hinein. Erst da bemerkte ich, dass Wände und Decken mit Heiligenbildern geschmückt waren. Ihre tiefen, dunklen Augen blickten mit solch eindringlichem Schmerz und mit Weisheit auf mich herab, dass ich glaubte, sie schauten direkt in mein Herz.
Dann sah ich auf dem Altar, auf der anderen Seite der Kerzen, gegenüber den Reliquienschreinen, ein einzelnes Bild.

In einem mit Edelsteinen besetzten Rahmen zeigte es Unsere Herrliche Mutter Gottes in einem fließenden blauen Gewand. Vor ihr kniete ein Ritter in voller Rüstung. Seine Hände waren zum Gebet gefaltet und sein Gesicht zur Jungfrau erhoben.
Zu meiner größten Überraschung erkannte ich das Gesicht des Ritters. Es war mein eigenes Gesicht, so wie ich es in dem Bächlein gesehen hatte, als ich mich gewaschen und Bär meine Haare geschnitten hatte. Doch ich wusste nun – so sicher wie das Amen in der Kirche –, dass ich das Bild meines Vaters vor mir erblickte.
Zwischen Zorn und Neugier hin und her gerissen, trat ich näher. Der Mann schien voller Demut und Verehrung vor der Mutter Gottes zu knien. Und doch wusste ich, dass er ein anderer war: ein hochmütiger Lord, der weder Güte noch Fürsorge für meine Mutter aufgebracht hatte. Und was mich betraf, so zweifelte ich, ob er je einen Gedanken an mich verschwendet hatte. Als ich ihn in dieser erhabenen Haltung sah, wurde mir mit endgültiger Gewissheit bewusst, dass ich nicht er war. Nein, nichts von mir war von ihm. Ich war ich selbst. Ich war, was ich geworden war.
Also fiel ich auf die Knie, legte den Dolch neben mich und betete, Gott auf seinem himmlischen Thron und meine Mutter zu seiner Seite mochten Lord Furnival für das verurteilen, was er wirklich war.
Ich war ganz versunken in mein Gebet, als hinter mir eine Stimme sagte: »Wer seid Ihr? Was macht Ihr hier?«
Ich sprang auf und drehte mich um.
Es war John Aycliffe.

56

Aycliffes schwarzbärtiges Gesicht, sein harter, scharfer Blick und seine missbilligenden Lippen waren mir auf eine erschreckende Art vertraut. Ebenso wie das Schwert an seiner Seite. Je länger ich ihn anstarrte, desto mehr wuchs meine Panik. Ich senkte die Augen.

»Du«, sagte er in die Stille hinein, »Astas Sohn.«

Es kostete mich große Überwindung, ihn anzusehen. In seinem Blick lag so viel Häme, dass ich spürte, wie der Zorn in mir hochstieg. Das war der Mann, der so grausam zu meiner Mutter gewesen war, der mich mit solch einer Verachtung behandelt und mir den Tod gewünscht hatte, der Vater Quinel ermordet und Bär entführt hatte.

»Der Vogelfreie«, sagte er. »Ein dreckiger Bauernbursche wie du wagt es, seinen Fuß in diesen Palast zu setzen?« Er machte kehrt und ging auf die Eingangshalle zu.

»Falls Ihr beabsichtigt, die Wachen zu rufen, erzählt ihnen, Lord Furnivals Sohn sei gekommen«, sagte ich.

Er blieb stehen und drehte sich zu mir um. Sein dunkles Gesicht war blass geworden. »Was hast du gesagt?«

»Ich bin Crispin, Lord Furnivals Sohn«, sagte ich und versuchte, seinem Blick standzuhalten.

Ich sah, wie er über meine Schulter auf das Bild des Lords starrte und ihn mit mir verglich.

»Das kann jeder behaupten«, sagte er und wandte sich wieder zum Gehen.

»Ihr wisst, dass ich die Wahrheit sage.« Ich hoffte, er würde das Zittern meiner Stimme nicht bemerken. »Ihr habt es immer gewusst.«

Wieder hielt er inne. »Du bist nicht einmal ein Mensch«, entgegnete er.

»Ich kann es beweisen.«

»Du kannst nicht beweisen, was nicht stimmt.«

Hastig zog ich das bleierne Kreuz aus dem Lederbeutel. »Hier steht es geschrieben«, sagte ich und hielt es hoch. »Es gehörte meiner Mutter. Ich erhielt es nach ihrem Tod. Sie hat es selbst geschrieben.«

»Geschrieben? Was steht da geschrieben?«

»Da steht ›Crispin – Sohn von Furnival‹.«

Einen Augenblick lang schwieg er. Dann sagte er: »Das kann jeder geschrieben haben.«

»Nicht jeder«, sagte ich und wurde immer wütender. »Es war meine Mutter. Und ich glaube ihr. Andere übrigens auch. Die Leute müssen mich nur ansehen, dann wissen sie, wer ich bin. Und wenn ich erzähle, dass ich auch der Enkel von Lord Douglas bin …«

»Gib dieses Kreuz her!«, schrie er und streckte seine Hand aus.

»Nein, es gehört mir.«

Wütend trat er auf mich zu und hob die geballte Faust, als wollte er mich schlagen.
Als Antwort hielt ich ebenfalls meine Hand hoch, das Kreuz wie einen Schild ihm entgegenhaltend.
Er zögerte.
»Ich weiß, was damals geschah«, sagte ich. »Lord Furnival brachte meine Mutter nach Stromford und ließ sie dort mit mir allein. Euch befahl er, über uns zu wachen und uns zu viel zum Sterben und zu wenig zum Leben zu gewähren. Als Richard du Brey mit der Nachricht nach Stromford kam, dass mein Vater todkrank nach England zurückgekehrt sei, bekamt Ihr den Auftrag, mich zu töten. Ihr seid es, der Angst vor mir hat. Ihr fürchtet, ich könnte Euer Herr werden.«
Er antwortete nicht, aber sein Blick verriet mir, dass ich Recht hatte.
»Ihr wart es auch, der Vater Quinel ermordete«, fuhr ich fort, »damit er mir nicht sagen konnte, wer ich wirklich bin. Und Ihr wart es, der mich des Diebstahls beschuldigte und mich für vogelfrei erklärte, damit jeder mich umbringen könnte.«
»Deine Mutter war nichts weiter als eine Magd, der ihr Aufstieg zu Kopf gestiegen war«, sagte Aycliffe. »Sie vergaß, wo ihr Platz war. Das wurde ihr zum Verhängnis. Die Dinge müssen eine Ordnung haben, Gott selbst hat jedem seinen Platz zugewiesen. Daran ist nichts zu ändern. Und du wirst auch nichts dagegen machen können.«
»Ich bin wegen einer anderen Sache gekommen«, sagte ich und konnte kaum meinen Zorn beherrschen.

»Geld?«, fragte er.

»Eure Soldaten haben einen Freund von mir gefangen genommen.«

Er schwieg.

»Er wird Bär genannt und ist ein großer Mann mit rotem Bart.«

»Was ist mit ihm?«

»Wenn Ihr uns beide – ihn und mich – aus Great Wexly ziehen lasst, werden wir nicht mehr wiederkommen. Ihr werdet mich nie mehr sehen.«

Nach einer Weile sagte er: »Woher weiß ich, dass ich dir trauen kann?«

Ich erhob meine zitternde Hand. »Ich schwöre bei diesem Kreuz.«

»Du vergisst, dass du vogelfrei bist«, sagte er. »Ich muss nur die Wachen rufen. Jeder darf dich töten. Du bist ein Nichts.« Mit diesen Worten drehte er sich um und verließ den Raum.

Darauf bückte ich mich nach dem Dolch, machte einen Satz nach vorn und warf mich auf seinen Rücken.

Vor Überraschung schrie er auf, schwankte, stolperte und fiel krachend zu Boden. Als er versuchte, sein Schwert zu fassen, warf ich mich wieder auf ihn und schlug ihn ein zweites Mal nieder.

Ich setzte die Spitze des Dolchs an seinen Hals. »Wenn Ihr die Wachen ruft, seid Ihr tot«, schrie ich und drückte sein Gesicht gegen den Boden.

Er atmete schwer, gab aber keine Antwort.

Ich nahm alle Kraft zusammen und zog die Klinge über seinen Hals. Blut trat hervor. »Was Ihr mir antun wolltet, wird jetzt mit Euch geschehen«, sagte ich.

»Willst du wirklich beim Kreuz deiner Mutter und bei Gott schwören, dass du niemals wiederkommst und keinen Anspruch auf das Haus Furnival erheben wirst, wenn ich dich und diesen Mann laufen lasse?«, flüsterte er verzweifelt.

»Ich will.«

»Und du wirst mir das Kreuz geben?«

»Sobald wir das Stadttor passiert haben.« Während ich sprach, versuchte ich, meine Hand so ruhig wie möglich zu halten und ihn ständig die Dolchspitze spüren zu lassen. »Aber zuerst müsst Ihr schwören«, sagte ich.

»Ich ... schwöre«, sagte er in einem Ton, als bereiteten ihm die Worte Qualen.

Ich ließ ihn los.

Er setzte sich auf, fasste sich an den Hals und betrachtete das Blut, das über seine Finger lief.

»Schwört«, befahl ich und hielt das Kreuz hoch, ohne jedoch den Dolch zu senken.

Er zögerte, aber dann sagte er: »Ich, John Aycliffe, schwöre, dass ich dir, Astas Sohn, und dem Mann, der sich Bär nennt, gestatte, diese Stadt zu verlassen. Dafür hast du geschworen, niemals wiederzukommen, niemals Lord Furnival als deinen Vater zu benennen und mir das Kreuz zu überlassen. So wahr mir Gott helfe.«

Dann sagte ich: »Im Namen des Vater, des Sohnes und des Heiligen Geistes schwöre ich, Crispin, dass, sobald Ihr Bär freigelassen habt, er und ich Great Wexly verlassen und niemals wiederkommen werden. Noch werde ich jemals behaupten, Lord Furnival sei mein Vater. Außerdem werde ich Euch das Kreuz geben, sobald wir aus der Stadt sind.«

»Und nun«, sagte ich, »führt mich zu Bär.«

Statt einer Antwort sah er mich voller Hass an. Doch dann erhob er sich und machte sich auf den Weg. »Folge mir«, sagte er.

57

Ich konnte kaum glauben, dass John Aycliffe sich meinem Willen beugte, und hielt den Dolch immer noch mit der einen, das Kreuz aus Blei mit der anderen Hand vor mich. Ich war entschlossen zu siegen, koste es, was es wolle.

Der Vogt blieb kurz stehen und nahm eine Kerze aus einem der Wandleuchter, dann ging er die Stufen hinab, die ich in der einen Ecke des großen Raums bemerkt hatte. Zu meiner großen Erleichterung ließ er sein Schwert auf dem Boden liegen.

Die Stufen führten in einem weiten Bogen ins untere Stockwerk, wo wir in ein fensterloses, geräumiges Zimmer mit zahlreichen Regalen und zwei großen Tischen kamen. Im kargen Schein der Kerze kam es mir vor wie eine Art Vorratsraum, in dem Stapel von Brotfladen, Trinkgefäße, Schüsseln und Krüge aufbewahrt wurden.

Aycliffe ging weiter und betrat einen breiten Korridor. Dessen Wände waren mit großen Wandteppichen bedeckt. Hier trafen wir auch zum ersten Mal auf andere Menschen.

Wer sie waren oder was ihre Aufgabe war, konnte ich nicht sagen. Sie lagen ausgestreckt am Boden und schliefen.
Noch nie hatte ich ein so großes und prächtiges Gebäude gesehen, doch durfte ich Aycliffe nicht aus den Augen lassen. Dieser durchquerte nun eine weitere Vorratskammer, in der große Mengen von Lebensmitteln gelagert waren, viel mehr als ich im Grünen Mann gesehen hatte. Auch hier sahen wir Diener, die in einer Ecke schliefen.
Der Vogt steuerte auf eine Ecke zu, von der eine weitere steinerne Treppe steil nach unten führte. Die Wärme von oben verflog rasch und je tiefer wir kamen, desto kälter und feuchter wurde es.
Alle paar Schritte ragten zischende, qualmende Fackeln aus den Wänden. Ein paar Männer saßen auf den Stufen, andere lagen am Boden und schliefen. Wer immer sie auch sein mochten, kaum tauchte Aycliffe auf, sprangen sie auf und salutierten.
Erst am Fuß der Treppe blieb Aycliffe stehen. Wir befanden uns in einem nahezu runden, vom Boden bis zur niedrigen Decke aus Stein gemauerten großen Gewölbe.
Sogleich war ein Mann zur Stelle, den ich als einen jener wieder erkannte, die mich am Abend zuvor angegriffen hatten. Als er mich sah, verzog er verwirrt das Gesicht, verbeugte sich aber vor Aycliffe.
»Herr ...«, setzte er an.
Aycliffe schnitt ihm das Wort ab. »Bring mich zu dem Rotbart.«
Der Soldat nahm eine qualmende Fackel und ging voraus. Wir durchquerten nun das Kellergeschoss und kamen

durch ein Labyrinth enger Gänge, deren Decken von Ruß geschwärzt waren. Die Luft war stickig und abgestanden, am Boden breiteten sich stinkende Wasserlachen aus. Die Wände waren von grünlichen Streifen überzogen.
»Er ist hier drin«, sagte der Soldat. Wir standen vor einer schmalen, in die Mauer eingelassenen Tür.
»Schließ auf«, befahl Aycliffe.
Der Mann zog einen Schlüsselbund hervor, wählte einen großen Schlüssel aus, steckte ihn ins Schloss und öffnete die Tür.
»Du kannst jetzt eintreten«, sagte er zu mir.
Ich zögerte, aus Angst, in eine Falle zu geraten.
Aycliffe schien meine Gedanken zu erraten. »Ich habe einen Eid geschworen«, sagte er, als wollte er mich zurechtweisen. »Niemand wird dich hier festhalten.«
Ich griff nach der Fackel, die der Mann in der Hand hielt. Bevor dieser sie mir gab, sah er kurz zum Vogt. Als Aycliffe nickte, durfte ich das Licht nehmen.
Trotz meiner geringen Größe musste ich mich beim Eintreten bücken. Der Raum war klein und dunkel und es stank fürchterlich. Im Schein der Fackel erkannte ich Bär. Sein massiger Körper hing aufrecht an einem leiterartigen Gestell, seine Arme waren hoch über seinem Kopf gefesselt und seine bloßen Füße fest unten angebunden. Er war fast nackt und auf seinem blutigen Leib zeichneten sich Striemen und Wunden ab, als sei er ausgepeitscht worden. Sein Kopf hing schlaff auf die Brust und sein Bart sah aus wie ein zerknülltes Mundtuch.
»Bär?«

Er antwortete nicht.
»Bär«, rief ich, diesmal lauter.
Als er immer noch nicht antwortete, brachte ich nur noch flüsternd hervor: »Bär, lebst du?«
Auch jetzt antwortete er nicht und ich ging näher und leuchtete mit der Fackel. Da sah ich, dass sich sein Brustkorb leise hob und senkte.
Ich rammte die Fackel in einen Spalt am Boden und begann, ihn mit Hilfe meines Dolchs von seinen Fesseln zu befreien. Erst die Füße, dann, indem ich auf die Leiter kletterte, zunächst die eine, dann die andere Hand. Kaum war ich fertig, glitt er zu Boden und blieb bewegungslos liegen.
Ich kniete neben ihn und nahm seine Hand. Sie war verletzt und ganz blutig. »Bär«, sagte ich, »ich bin's. Crispin. *Crispin*«, wiederholte ich etwas lauter.
Langsam hob Bär den Kopf. Sein Gesicht war so übel zugerichtet, dass er es kaum schaffte, die Augen zu öffnen. Ein Auge, besser gesagt, denn das andere war vollständig zugeschwollen. Zuerst starrte er mich nur verständnislos an und blinzelte verwundert.
»Crispin?«, krächzte er schließlich aus aufgesprungenen Lippen.
»Ich bin hier, Bär«, sagte ich.
Er starrte mich weiter an, als könnte er nicht glauben, wen er vor sich sah.
Dann sagte er: »Crispin ... ich liebe dich wie einen Sohn. Habe ich dich ... verraten?«
»Nein, Bär. Und nun werdet Ihr freigelassen.«
Er schien nicht zu verstehen und ich zog ein wenig an sei-

ner wunden Hand. »Könnt Ihr mitkommen, Bär? Könnt Ihr gehen? Wir werden Great Wexly verlassen. Der Vogt hat einen heiligen Eid geschworen, uns ziehen zu lassen.« Ein tiefer Seufzer der Erschöpfung löste sich aus seiner Brust.

»Bär, Ihr müsst mitkommen«, drängte ich und flehte und zog wieder an seiner Hand.

»Haben sie dich auch erwischt?«, fragte er mit trockenen Lippen.

»Ich bin nicht gefangen, Bär. Wir gehen beide. In die Freiheit. Aber Ihr müsst auch kommen. Jetzt. Ihr *müsst* Euch aufraffen.«

Endlich schien er zu verstehen. Er stieß einen tiefen Seufzer aus, nahm all seine Kraft zusammen und wuchtete sich auf Hände und Knie. Dann kroch er hinter mir her zum Ausgang.

Ich verließ den engen Raum zuerst, dann Bär. Er konnte sich kaum durch die schmale Tür hindurchquetschen.

Draußen hatte sich ein Kreis von Soldaten versammelt, die uns feindselig anschwiegen, und ich bemerkte ein Schwert in Aycliffes Hand.

Ich richtete mich auf, doch als Bär auf Händen und Füßen verharrte, ging ich vor ihm auf die Knie. »Könnt Ihr aufstehen?«, fragte ich und hielt ihm meine Hand hin. Er griff danach.

»Er braucht Hilfe«, sagte ich. »Bringt ihm Wasser.«

Niemand rührte sich.

»Helft ihm«, befahl ich.

Alle Augen richteten sich auf Aycliffe. Dieser nickte kaum

merklich. Drei Männer traten vor und wollten Bär fassen. Als sie ihn aber berührten, schreckte er wie ein verwundetes Tier zurück und stieß sie mit aufbäumender Kraft von sich.

»Crispin«, rief er.

Ich stellte mich vor ihn. Er sah hoch, als wollte er sichergehen, dass ich es war, hob einen Arm und legte ihn mir auf die Schulter. Mit größter Willensanstrengung zog er sich hoch, wobei er sich schwer auf mich aufstützte. Als er endlich stand, sah ich, wie übel er zugerichtet war. Trotzdem traten ein paar der Soldaten angesichts seiner enormen Größe eingeschüchtert zurück.

Jemand gab mir einen Krug mit Wasser, den ich an Bär weiterreichte. Er fasste ihn mit beiden Händen und trank in großen Schlucken, den Rest schüttete er sich über seinen Kopf und seinen Leib. Dann warf er den Krug von sich, er zerschmetterte am Boden. Das Wasser half ihm, trotzdem ging sein Atem noch immer schwer. Er richtete sich etwas höher auf und es gelang ihm, sein anderes Auge ein wenig weiter zu öffnen.

»Er braucht etwas zum Anziehen«, sagte ich.

Wieder wanderten die Augen zu Aycliffe und wieder nickte dieser.

Einer der Männer trat vor und reichte mir einen Umhang, den ich Bär über die Schultern legte.

»Stützt Euch auf mich«, sagte ich. »Wir gehen.«

Bär, der hinter mir stand, tat, wie ich gebeten hatte. Doch vor mir, in einem Halbkreis, standen der Vogt und mindestens zehn Soldaten. Alle waren bewaffnet.

Ich trat einen Schritt vor. Niemand rührte sich.
Mit klopfendem Herzen hob ich die Hand mit dem Kreuz.
»Soll ich sagen, was dort steht?«, sagte ich zu Aycliffe gewandt.
Bärs Hand schloss sich ein wenig fester um meine Schulter.
»Soll ich?«, wiederholte ich.
Erst kam keine Antwort. Dann sagte Aycliffe: »Du musst es mir geben.«
»Ihr habt geschworen, uns erst gehen zu lassen«, sagte ich.
Er erwiderte: »Wenn du es mir gibst, seid ihr frei.«
Ich schüttelte den Kopf. »Erst hinter der Stadtmauer.«
»Ich könnte dich auf der Stelle töten lassen«, sagte er, »euch beide.«
»Dieser Mann hat einen heiligen Eid geschworen, uns gehen zu lassen«, sagte ich laut. »Auf dieses Kreuz hat er geschworen.«
Als alle Augen sich auf ihn hefteten, schien Aycliffe unsicher zu werden.
Dann sagte ich: »Soll ich ihnen sagen, wer ich bin?«
Der Vogt gab keine Antwort. Es war so still, dass ich meinte, alle müssten mein Herz klopfen hören.
Schließlich sagte Aycliffe: »Ich bringe sie zum Stadttor.«
Die Männer traten zur Seite und machten einen schmalen Durchgang frei.
Aycliffe ging voran, ich folgte und Bär schlurfte, die Hand immer noch auf meine Schulter gestützt, hinter mir her. Ich drehte mich nach ihm um, konnte aber nicht erkennen, was er empfand.
Wir kamen nur langsam voran, gingen durch das Keller-

labyrinth bis zur Treppe. Dort bot ich Bär an, ihn zu stützen, was er auch annahm, obgleich ich spürte, dass er einen Teil seiner alten Kraft wiedergewann. Trotzdem verlief der Aufstieg quälend langsam. Als wir das Erdgeschoss erreichten, hörte ich gedämpftes Glockengeläut und fragte mich, ob sie zu den Waffen oder zum Gebet riefen.

Am Hauptportal hatten noch mehr Soldaten Stellung bezogen. Als sie keine Anstalten machten, den Weg freizugeben, blieben wir alle stehen.

»Gib mir das Kreuz«, verlangte Aycliffe.

»Denkt an Euren Schwur. Erst wenn wir sicher hinter dem Stadttor sind.«

»Macht die Tür auf«, befahl er grimmig.

Die Soldaten öffneten die Tür.

Draußen war, wie ich erfleht hatte, der Morgen angebrochen. Als wir aus dem Palast traten, läuteten noch immer die Kirchenglocken. Über dem Platz kreiste eine Schar aufgeregter schwarzer Vögel und vor uns richteten die Händler ihre Buden und Auslagen her. Die, die in unserer Nähe waren, unterbrachen ihre Arbeit und starrten zu uns herüber.

Bär und ich gingen los, begleitet von Aycliffe und vielleicht sieben Soldaten.

»Wartet«, rief ich. Ich rannte zur Seite des Palastes, nahm Bärs Sack und kam wieder zurück.

»Bringt uns zum Stadttor«, sagte ich zu Aycliffe.

Mit hasserfülltem Blick drehte der Vogt sich um und schritt die gepflasterte Straße entlang. Wir folgten ihm langsam, umringt von einem Trupp Soldaten, und ich fragte mich, ob sie uns wirklich würden ziehen lassen.

58

Immer wieder blieben Vorübergehende stehen und glotzten uns stumm an, manche folgten uns. »Ich habe einen Dolch«, flüsterte ich Bär zu, als wir uns dem Stadttor näherten.

»Gib ihn mir«, sagte er und schob sich so dicht an mich heran, dass ich unbemerkt den Dolch hervorziehen und ihm geben konnte. Er ergriff ihn mit seinen mächtigen Pranken und verbarg ihn in den Falten seines Umhangs.

Wir kamen zum Stadttor. Es stand offen, wurde aber von Soldaten bewacht.

Aycliffe blieb stehen und drehte sich um. In seiner einen Hand lag sein Schwert, in der anderen hielt er einen Dolch.

»Lasst uns durch«, rief ich.

Als Antwort rief er so laut, dass alle ihn hören konnten: »Ihr seid Verräter. Bei meiner Ehre, ihr geht keinen Schritt weiter. Wohl habe ich einen Eid geschworen, euch ziehen zu lassen. Doch dieser Knabe hier ist für vogelfrei erklärt worden. Mein Schwur ist für niemanden bindend. Jeder darf ihn töten. Ein Pfund Belohnung für denjenigen, der diesen elenden Knaben hier und jetzt erschlägt!«

Ich drängte mich dicht an Bär und dieser schrie Aycliffe an: »Feigling! Verräter!«

»Nicht Euch will ich«, sagte Aycliffe. »Den Knaben muss ich haben. Er hat mich lange genug geärgert. Lasst ihn mir und Ihr bekommt die Belohnung.«

Statt einer Antwort schob Bär mich hinter seinen Rücken und stand nun direkt vor dem Vogt. Sein Umhang war zu Boden geglitten und ich sah im frühen Licht des Morgens, wie schmutzig und blutig sein mächtiger Körper wirklich war. Auf Brust und Armen waren die Spuren von Peitschenhieben und Brandwunden zu sehen. Aber in seiner Hand lag der Dolch.

»Sohn des Luzifers«, schrie er Aycliffe an, »meineidiger Mörder!«

Ich sah mich um. Die Soldaten hatten ihre Schwerter gezogen und sich hinter uns im Halbkreis aufgestellt.

Vor uns sah es nicht viel besser aus. Aycliffe stand regungslos da, hinter ihm Soldaten, die hastig aufschlossen, so dass wir – der Vogt, Bär und ich – vollständig umzingelt waren. Einige der Soldaten grinsten vor Gier, uns sterben zu sehen. Hinter ihnen versammelten sich Leute aus der Stadt und glotzten.

Dann kam Aycliffe mit erhobenem Schwert auf uns zu und hieb es hin und her. Die Hand mit dem Dolch hatte er weit ausgestreckt. Ich versuchte, ihm auszuweichen.

Bär, nur mit dem Dolch bewaffnet, sah ihm regungslos entgegen.

Aycliffe machte einen Streich mit seinem Schwert, den Bär mit einer unerwarteten Bewegung seines Dolches parierte. Metall klirrte auf Metall. Von den Umstehenden war ein einziges Einatmen zu hören.
Nach diesem misslungenen Hieb zog Aycliffe sich zurück. Die beiden Männer atmeten schwer und beäugten einander. Aycliffe machte nun mehrere Ausfälle, erst in die eine, dann in die andere Richtung, die Bär jedes Mal abwehren konnte, aber nur indem er sich weiter zurückzog.
Wieder blieb Aycliffe stehen.
Nun war es Bär, der zum Angriff schritt. Er versuchte, ihn von der Seite, wo dieser seinen Dolch hatte, anzugreifen, und zielte dabei geduckt auf Aycliffes Leib. Der Vogt schlug mit dem Schwert wild um sich und zwang Bär zum Rückzug. Wieder blieben die beiden Männer stehen und überlegten sich die nächsten Schritte.
Diesmal war es Aycliffe, der eine Reihe von Hieben austeilte. Bär konnte ausweichen, aber ich bemerkte, dass er ermüdete. Er musste sich verteidigen und wurde gleichzeitig auf die hinter ihm stehenden Soldaten gedrängt, die ihre Schwerter zu einem tödlichen Spalier gezückt hatten.
Bär versuchte, nach vorne auszubrechen, aber Aycliffe kämpfte wie wild.
»Bär!«, schrie ich. »Hinter Euch sind Soldaten.«
Ich weiß nicht, ob er mich gehört hatte, jedenfalls versuchte er nun, wieder zum Vogt vorzudringen, kam aber nicht sehr weit. Und dann, als hätten sich Aycliffe und die Soldaten ein Zeichen gegeben, bewegten sie sich vorwärts und schlossen den gespickten Kreis immer enger um uns.

In diesem Augenblick schwang Aycliffe sein Schwert, setzte nach vorn und schlug Bär den Dolch aus der Hand. Der Dolch schlitterte über die Steine, Bär setzte ihm nach, wurde aber vom Vogt mit scharfer Klinge zurückgehalten. Dann ging Aycliffe zum Angriff über. Während ich die Augen nicht von den beiden ließ, rannte ich vor und erhaschte den Dolch.

»Bär, ich habe den Dolch!«, schrie ich.

Der Vogt hörte mich und wirbelte herum. Er sah mich und den Dolch, hob sein Schwert und wollte es auf mich niedersausen lassen. In diesem Augenblick sprang Bär vor. Mit seinen kräftigen Armen umfasste er Aycliffe und presste ihm beide Arme an den Leib. Der Vogt versuchte, sich freizustrampeln, doch Bär drückte fester und fester zu und grunzte dabei wie ein Tier, bis Schwert und Dolch des Vogts mit einem Zweiklang zu Boden fielen.

Nun stemmte Bär den Vogt hoch über seinen Kopf und schleuderte ihn leibhaftig durch die Luft auf die Soldaten. Das alles geschah so schnell, dass diese keine Zeit zu reagieren fanden.

Aycliffe wurde von den Schwertern der Soldaten aufgespießt und an mehreren Stellen durchbohrt.

Vor Grauen verschlug es mir den Atem. Und auch von den Zuschauern war ein entsetzter Aufschrei zu hören.

Entgeistert und voller Angst machten die Soldaten ein paar Schritte nach hinten. Aycliffe stürzte auf das Straßenpflaster, krümmte sich und schlug um sich und blieb dann ganz still in seinem eigenen Blut liegen.

Niemand rührte sich.

Da ergriff Bär schwer atmend den Dolch und das Schwert des Vogts und richtete beide gegen die Soldaten, die das Tor bewachten. »Macht den Weg frei«, brüllte er, »oder, beim heiligen Barnabas, euch wird dasselbe geschehen.«

Die Soldaten und die Umstehenden wichen zurück. Der Weg durch das Stadttor war frei.

»Schnell, Crispin!«, rief Bär.

Ich rannte zu der Stelle, wo Aycliffe lag. Ich streifte das Kreuz aus Blei von meinem Hals und legte es dem Vogt auf die blutige Brust.

Alle Augen waren auf uns geheftet, als Bär und ich durch das Tor gingen. Niemand sagte ein Wort. Weder Bär noch ich sprachen. Ich konnte kaum glauben, was geschehen war.

»Crispin«, sagte Bär, als wir draußen waren, »dort, wo sie mich gefangen hielten, hörte ich Gesang aus der Kathedrale. Die Priester sangen ›Media vita in morte summas‹, was bedeutet ›Mitten im Leben sind wir vom Tod umgeben‹. Aber, Crispin, begreifst du, dass wir eine neue Wahrheit geschaffen haben? Mitten im Tod sind wir vom Leben umgeben!«

Ich lachte und wir umarmten uns. Und als wir die Straße entlanggingen, schwang ich Bärs Sack vom Rücken, holte seine zweizipflige Kappe hervor, hüpfte hoch und setzte sie ihm, wenn auch ziemlich schief, auf den Kopf. Er aber zog sie wieder ab und setzte sie *mir* auf.

»Ich, Bär von York«, brüllte er, laut genug, dass alle Welt ihn hören konnte, »ernenne diesen Knaben, Crispin von Stromford, zum vollen Mitglied der Zunft der freien Männer. Womit er frei aller Verpflichtungen ist, ausgenommen gegenüber seinem Gott.«

Ich nahm die Flöte. Als ich anfing zu spielen, lachte Bär. Dann begann er zu singen, wenn auch nicht mit seiner gewohnten, dröhnenden Stimme, aber es war seine Stimme trotz allem:

»Die Glücksfee, die Glücksfee
ist Freund und Feind zugleich.
Aus arm macht sie reich,
und aus reich macht sie arm.
Aus Elend wird Wohlstand,
und aus Wohlstand wird Leid.
Sie dreht das Glücksrad um und um,
vertraut ihr nicht, seid doch nicht dumm.«

So zogen wir weiter, ich spielend, Bär die Trommel schlagend.

Und, beim lieben Gott droben im Himmel, mein Herz jubilierte vor Freude wie nie zuvor. Ich war gerettet, ich lebte und die ganze, unbekannte Welt lag mir zu Füßen. Und ich hatte das Gefühl, ein neuer Mensch zu sein, ein Mensch, der in Freiheit lebte. Und ich wusste mit meinem ganzem Herzen – mein Name war Crispin.

Avi

wurde 1937 in New York City geboren und ist in Brooklyn aufgewachsen. Den Namen Avi, den er heute als Pseudonym benutzt, gab ihm seine Zwillingsschwester, als sie beide ungefähr ein Jahr alt waren. Avi bestritt seinen Lebensunterhalt zunächst durch verschiedene handwerkliche Berufe wie z. B. Tischler, Stahlarbeiter oder Hamburger-Koch, um seiner Leidenschaft, dem Schreiben, nachgehen zu können. Er begann seine literarische Laufbahn als Bühnenautor. Später, als er eigene Kinder hatte, schrieb er auch für jüngere Leser. Inzwischen gehört er zu den bekanntesten Autoren der Kinder- und Jugendliteratur. Avi lebt mit seiner Familie in Denver, Colorado.

1 2 3 06 05 04

Originalverlag: Hyperion Books for Children, New York
Originaltitel: Crispin – the Cross of Lead
Published by special arrangement with Hyperion,
a division of Disney Children's Publishing LLC.
Umschlagillustration: Dieter Wiesmüller
Umschlagtypografie: Doris K. Künster
Lektorat: Ulrike Schuldes
Umschlaglithografie: Buss & Gatermann, Hamburg
Gesetzt aus der Granjon von Dörlemann Satz, Lemförde
Druck und Bindung: GGP Media, Pößneck
ISBN 3-551-58108-8
Printed in Germany